Karin Michalke

Rosa macht blau

Karin Michalke

Rosa macht blau

Roman

Langen*Müller*

Für meinen Bruder Tobi

Besuchen Sie uns im Internet unter:
www.langen-mueller-verlag.de

Umschlaggestaltung und -motiv: Atelier Sanna, München
Herstellung und Satz: VerlagsService Dr. Helmut Neuberger
& Karl Schaumann GmbH, Heimstetten
Gesetzt aus der 11,5/15 Punkt GaramondBQ-Regular
Drucken und Binden: GGP Media GmbH, Pößneck
Printed in Germany
ISBN 978-3-7844-3167-3

1

Rosa am unteren Rand der Welt

So wollt ich nie enden, denkt Rosa.
Sie steht bis zu den Knien im lauwarmen Mittelmeer. Hinter ihr liegen die grauen Häuser und Ruinen von Torre Santa Magdalena. Vor ihr schwebt träge die Sonne. Irgendwann wird sie im Meer versinken, denkt Rosa. So wie ich.

Rosa wartet nur noch auf die Flut.

Rosa ist zuvor noch nie am Meer gewesen. Eigentlich hat sie gedacht, das Meer wäre grün; schäumend und voller glitzernder Fische. Weiße Segel würden sich im Wind bauschen. Es würde rauschen und donnern.

Aber es schwappt grau und trüb um ihre Waden. Nicht aufregender als der Happinger Weiher.

Nein, so wollt ich nicht enden, denkt Rosa nochmal, wie in einer Zeitschleife. Ausgerechnet in Torre Santa Magdalena, am südlichsten Ende von Italien. Südlicher ist dann schon Afrika. Aber so weit sieht Rosa nicht. Für sie könnte Torre Santa Magdalena auch der Rand der Welt sein. Das Ende von allem.

Langsam kriechen Rosas Gedanken weiter zu der Frage: Was wollt ich eigentlich hier? Ihre Zehen versinken im lauwarmen Schlamm.

Gestern hat sie sie noch mühevoll geschrubbt, gefeilt und lackiert. Sie wollte eine Frau mit schönen Füßen sein.

Rosa ist hier, um sich zu ertränken.

Der Moment ist perfekt: öd, einsam und leer. Der Horizont ist ein diesiger Strich zwischen Himmel und Meer. Nur ein einziger, winziger Punkt klebt darauf. Ein Öltanker wahrscheinlich.

Maurizio hat immer gesagt, Torre Santa Magdalena sei berühmt für seine Sonnenuntergänge. Touristen kämen hierher, nur um den Sonnenuntergang zu sehen. Sie sitzen dann auf Campingstühlen und Decken, sie haben Brot und Wein dabei, essen, trinken und küssen sich. Es ist ein Ort der Liebe‹, hat er gesagt.

Liebe, denkt Rosa, und eine kleine Welle patscht gegen ihr Knie. Ich weiß nicht einmal, was Liebe ist.

Jetzt hängt die Sonne nur noch ein kleines Stück über dem Öltanker. Das Salzwasser hat Rosas schöne Seidenstrümpfe ruiniert. Und die neuen Schuhe, die sie extra noch am Mailänder Bahnhof gekauft hat, liegen irgendwo am Strand, weit hinter ihr.

Rote Pumps. Rosa hat noch nie zuvor solche Schuhe getragen. Und auch nie wieder, denkt Rosa. Es ist eh für alle das Beste, wenn ich ertrinke.

Hubert würde sein Geld wiederbekommen, Marco und Marion könnten in Ruhe heiraten, ohne dass Rosa sie dafür umbringen will – und sogar Maurizio würde mit dem Leben davonkommen.

Also los!, denkt Rosa, schließt die Augen und zählt langsam bis zehn. Aber als sie die Augen wieder öffnet, hat sich die Welt verändert: Ein kleines Windkräuseln sprüht Lichtfunken über das ganze Meer.

Die Sonne schüttet sich in Pink und Purpur über den ganzen Himmel. Es glitzert und funkelt und kribbelt wie Brausepulver. Und wie es riecht! Mmmh! Nach Sehnsucht. Nach Kuss und Liebe, denkt Rosa. Und nach einer Hand, die ihre hält. Es ist, als wäre Rosa zum ersten Mal in ihrem Leben lebendig.

Was für ein herrliches Ende!

Rosa strafft entschlossen die Schultern, zieht ihren Rock ein Stückchen hoch, damit er nicht gleich nass wird und geht den ersten, langsamen Schritt. Im Film würde jetzt Musik einsetzen: Geigen, Flöten und ein herzzerreißendes Klavier …

Leider bellt nur irgendwo ein Hund, um sich die Langeweile zu vertreiben. Schade, eigentlich.

Der zweite Schritt auf dem Weg ohne Wiederkehr. Happing wird Rosa nie wieder sehen. Sie wird nie wieder beim Edeka an der Kasse sitzen. Sie wird nicht friedlich im Altersheim sterben. Sie wird auch nicht auf dem Happinger Friedhof beerdigt werden, mit Sterbebild und Blumengestecken und einer Messe mit Kirchenchor.

Wahrscheinlich hätte ich sowieso kein Grab bekommen, denkt Rosa. Kriminelle kriegen keine Gräber.

Irgendwann wird man ihre Leiche aus dem Meer fischen. Die wahre Todesursache wird man nicht feststellen können, denn gebrochene Herzen kann man nicht feststellen.

Vielleicht ist es falsch, sich zu ertränken. Vielleicht stimmt es, dass das Leben schön ist und dass irgendwann immer alles gut wird. Vielleicht aber auch nicht. *Nicht* umgebracht hat Rosa sich jedenfalls schon oft genug.

Sie geht den dritten Schritt ins Meer hinein. Das Wasser ist nur noch eine Handbreit von ihrem Bauchnabel entfernt.

Aber plötzlich hört Rosa Kirchenglocken. Ganz leise klingt es, und ein bisschen blechern: *Bimm-Bimmm-Bimmm-Bimmm-Bimm-Bimm-Bimm*. Wie aus dem Himmel weht der dünne Klang zu ihr.

Für einen Moment flattert Rosas Herz, als hätte es Flügel. »Danke«, flüstert Rosa. Eine kleine Träne krabbelt ihren Hals hinauf.

Bimm-Bimmm-Bimmm-Bimmm-Bimm-Bimm-Bimm. Dann ist es wieder still.

Sieben Uhr, denkt Rosa. Oh. Die Träne tropft leise ins lauwarme Mittelmeer.

Und da, nur ein paar Schritte weiter, sieht Rosa noch jemanden im Wasser stehen.

Eine kleine, zarte Fee. Ihre Haare schimmern ein bisschen lila im Sonnenuntergang. Wer das wohl ist?

Genauso wie Rosa lässt die Frau die trägen Wellen über ihre Knie schwappen und schaut dabei weit hinter den Horizont. Ihre Augen zwinkern gar nicht. Ganz genau wie Rosa zieht die Frau jetzt ihren Rock ein Stückchen hoch, damit er nicht nass wird und macht vorsichtig einen halben Schritt hinein ins Wasser. Kaum zu sehen, so klein ist der Schritt.

Auf ihrer Wange fängt sich dabei ein Sonnenstrahl und glitzert für einen kurzen Moment wie ein Juwel.

»Hallo?«, fragt Rosa.

Die Frau hört sie nicht. Vielleicht ist sie tatsächlich eine

Fee. Oder ein Engel. Sie sieht fast durchsichtig aus, als könnte sie jederzeit schwerelos übers Wasser tanzen.

So wollt ich immer sein, denkt Rosa voller Sehnsucht. So schön und federleicht wie diese Frau.

Die Frau geht weiter, langsam, lächelnd. Eine bunte kleine Welle wippt schon bis zu ihren Ellbogen.

»Hallo?«, sagt Rosa noch einmal.

Jetzt hört die Frau. Sie streicht ihr graues Haar zurück, als würde sie aus einem weit entfernten Traum erwachen.

Ihr Blümchenrock fällt ihr aus der Hand und schwimmt um sie herum wie eine Wolke.

Und dann schweift ein Blick aus zwei hellen Augen zu Rosa. Verwundert streift der Blick Rosas hochgehaltenen Rocksaum, flattert höher und registriert schneller als ein Lidschlag den Riss in Rosas Herz.

Sie weiß es, denkt Rosa. Und auf einmal schämt sie sich. Ihre Zehen scharren unter Wasser eine Sandwolke auf.

»Che bello, eh?«, sagt die kleine Frau und zeigt hinaus aufs offene Meer. Ihre Stimme ist leise und heiser. Sie sagt es so nebenbei, als hätten sie sich wie jeden Tag beim Einkaufen getroffen.

Rosa nickt.

Die Frau nickt auch. Wehmut ist in ihren Augen. Ein Abschied. Ein lang ersehnter Kuss, den man auf später verschieben muss. Ihr Mund lächelt trotzdem.

Hätte ich doch den Mund gehalten, denkt Rosa.

Salzige Luft weht jetzt vom Meer herein. Dort, wo die Träne über Rosas Backe getropft ist, fühlt es sich kühl an. Und irgendwie ist der Horizont verschwunden. Es ist jetzt ganz und gar unmöglich, dort hinaus zu gehen.

Schöner Scheiß, denkt Rosa. Was mach ich denn jetzt? Weiterzuleben hat sie nicht eingeplant. Ihr Leben besteht aus zwei Koffern, einer versiegelten Geldbombe und einem Paar Pumps mit abgebrochenem Absatz. Heute geht nicht einmal mehr ein Bus!

Da sagt die Frau etwas zu ihr auf Italienisch und watet langsam und schwerelos herüber zu Rosa. Rosa lächelt, weil sie nicht weiß, was sie sonst tun soll.

»No parla italiano?«

Rosa schüttelt den Kopf.

»Deutsch?«

»Ja«, krächzt Rosa.

Jetzt steht die kleine Frau neben ihr. Ihr Blümchenrock schaukelt mit den Wellen hin und her. Und einträchtig daneben schwimmt Rosas Rock. Ein schöner Rock, wie für eine Sommernacht in Italien gemacht.

»Ah. Meine Deutsch ist schon sehr alt«, sagt die Frau. »Ich habe lange nicht gesprochen.«

»Aber nein, Ihr Deutsch ist sehr gut«, sagt Rosa.

»Aah, si, si.« Die Frau lacht leise, und ihr Blick schwirrt kurz noch einmal fort, in eine andere Zeit.

Vielleicht ist diese Frau ja verrückt. Normale Menschen stehen nicht mit Bluse, Rock und Strümpfen im Meer.

»Serafina«, stellt sie sich dann vor.

»Rosa«, sagt Rosa.

»Der Name einer schönen Frau.«

»Ha!«, schnieft Rosa. »Dann ist er bei mir falsch.«

Serafinas heller Blick wandert zu den Schuhen am Strand. Und zu den Strümpfen, die Rosa trägt. Es sind solche, die schlanke Beine machen.

»Die haben nichts geholfen«, sagt Rosa.

»Ein Mann muss mit dem Herzen sehen, nicht mit den Augen«, sagt Serafina.

»Das tut doch keiner«, sagt Rosa.

»Ich habe einen gekannt, der hat das getan«, erzählt Serafina zum Horizont hinaus.

»Ja?«

»Rudolfo«, singt Serafina und tanzt einen Walzerschritt im Meer.

»Und? Wo ist er jetzt?«, fragt Rosa und denkt: Wahrscheinlich hat er sie verlassen. Oder betrogen. Alle Italiener betrügen ihre Frauen. Sonst würde Serafina ja jetzt nicht allein im Meer herumstehen.

»Gestorben.«

»Oh«, sagt Rosa. »Das tut mir leid. Ich hab nicht gedacht, dass … an so was habe ich nicht gedacht.«

»Da draußen«, lächelt Serafina. »Es war ein großer Sturm, 1958. Die Fischerboote kamen nicht mehr herein. Viele sind gestorben damals.«

Rosa folgt Serafinas Blick hinaus zum Horizont. Ein magisches Licht ist jetzt da draußen.

»Wir waren sehr jung«, sagt Serafina. »Rudolfo und ich.« Ihr Lächeln wird zu einem Leuchten.

Liebe, denkt Rosa und ihr Herz versteckt sich in einem schattigen Winkel hinter den Rippen.

»Ich komme jeden Tag hierher«, erzählt Serafina dem Meer. »Jeden Tag. Ich sehe ihn da draußen. ›Rudolfo, heute komme ich zu dir!‹, sage ich zu ihm.«

»Und er antwortet nicht?«, fragt Rosa.

»Doch, doch, er antwortet. Er wartet, bis ich komme. Er holt mich dann ab, weißt du.«

»Aber warum …«

»Ach, mir kommt immer etwas dazwischen.« Serafina zwinkert schelmisch. »Meistens jemand aus dem Dorf. Sie glauben, im Meer stehen ist gut für meine Gesundheit. Meine Mutter war Engländerin. Mir glauben sie die verrücktesten Dinge.« Und Serafina lacht wie über einen guten Witz.

Rosa nickt, sagt »Ach so. Ja.«, und zweifelt ernsthaft an ihrem Verstand.

Eine Weile stehen sie nebeneinander, die alte Frau und die junge. Der Himmel über Torre Santa Magdalena wird langsam dunkelrot. Und über ihnen geht der erste Stern auf.

»Es ist völliger Unsinn, sich hier ertränken zu wollen«, sagt Serafina, wie zum Abschied.

»Warum Unsinn?«, fragt Rosa.

»Man muss sehr weit hinaus gehen, bis es tief wird und die Strömung kommt. Deswegen kommt immer etwas dazwischen.«

»Ach so«, sagt Rosa.

»Heute bist du dazwischengekommen.«

»Tut mir leid.«

»Ach, das macht nichts«, lächelt die alte Frau. »Es gibt noch so viele Tage, und so viele Tage sind schon vergangen. Es kommt auf einen nicht an.«

»Vielleicht wäre es dort drüben besser«, sagt Rosa. Dort, wo der Sand in Felsen übergeht. Dort würde das Meer auch rauschen und schäumen, wenn die Wellen ein bisschen höher werden.

»Dort sind zu viele Seeigel«, sagt Serafina kritisch. Sie dreht sich um und geht zurück an den Strand. Ihr wacher

Blick fliegt unmerklich zu Rosas Schuhen, die wie zwei hellrote Blutstropfen im Sand liegen.

Einundfünfzig Jahre, denkt Rosa. Wie viele Tage sind einundfünfzig Jahre?

Sie merkt zuerst gar nicht, dass sie sich auch umdreht. Erst als sie neben Serafina am Strand steht und trockener Sand an ihren Zehen knirscht.

Serafinas Füße finden wie von selbst in die Holzpantoffeln, die einträchtig wie ein altes Ehepaar auf sie gewartet haben.

»Wann kommt denn die Flut?«, fragt Rosa.

»Gar nicht«, sagt Serafina. »Es gibt keine Flut in Torre Santa Magdalena.«

»Nicht?«

»Nein«, sagt Serafina und wringt das Wasser aus ihrem Rock. Ihre Hände tun das ganz von alleine.

Rosa bückt sich nach ihren roten Pumps. Sie hat eigentlich gar nichts, was sie dazu anziehen könnte, fällt ihr ein. Aber zurückgeben kann man die Schuhe jetzt nicht mehr. Sie sind voller Sand, und verkratzt vom unebenen Pflaster in Torre Santa Magdalena. Der eine Absatz hat einen Knick. Sie sind wirklich schön. Zum Sterben schön.

Rosa muss plötzlich an das Messer in ihrem Koffer denken. Und an das Treppenhaus, in dem der Koffer steht.

»Schau, wie schön!«, sagt Serafina.

Das Meer liegt vor ihnen wie ein blau und purpur schimmernder Planet. Wie ausgedacht.

»Ich glaube, ich habe mir mein ganzes Leben nur ausgedacht«, sagt Rosa.

2

In Happing im Himmel

Es ist ein Sonntag im September. Über den Gartenzaun vom Schreiner Flörl hängen dicke, leuchtende Rosen. Rosa ist sieben.

»Schau, wie schön!«, sagt ihre Mama und ihre Hand streichelt die zartgelben Blütenblätter.

Rosa ist schon tausend Mal an diesen Rosen vom Schreiner Flörl vorbeigegangen. Der Schreiner Flörl ist nämlich der Opa von Marco Pollinger aus dem Kindergarten. Heute geht Rosa mit ihrer Mama hinaus zum Fußballplatz.

Ganz Happing geht heute hinaus zum Fußballplatz, denn heute muss der TSV das wichtigste Spiel seiner Vereinsgeschichte gewinnen. Es geht um den Aufstieg in die Bayernliga. Aus den Fenstern an der Hauptstraße hängen weiße und blaue Fahnen deswegen. Jeder beeilt sich mit dem Mittagessen, damit er einen guten Platz am Spielfeld erwischt. Der Pfarrer hat nach der Kirche sogar die gesamte Fußballmannschaft gesegnet.

Nur Rosa ist dieses Fußballspiel egal.

Rosa muss über einen Traum nachdenken: In diesem Traum ist eine große braune Kuh auf Rosa zugekommen und hat gesagt, sie wäre eine Fee. Sie könnte Rosa große Zauberkräfte verleihen, hat sie gesagt.

Rosa müsste sich dafür allerdings in große Gefahr begeben. Und sie müsste etwas schaffen, was noch nie zuvor jemand geschafft hat.

Der Zauber wird nur an einem einzigen Tag in Rosas Leben möglich sein.

Es muss ein Sonntag sein und Rosen müssen blühen. Der Wind muss durch blaue Fahnen wehen, und Trommeln und Trompetenfanfaren sollen übers ganze Land getragen werden. Solche Tage gibt's gar nicht in Happing, denkt Rosa. Außerdem gibts auch keine Feen in Kuhgestalt. Für einen Moment passt sie nicht auf, und eine Dorne sticht in ihre Stirn. »Blöde Rosen!«

Dann hört sie den Wind und die Blasmusik. Tuba, Trompeten und dröhnende Fan-Sirenen wehen vom Fußballplatz ins Dorf herein. Und zu einem immer gleichen Trommelrhythmus schreien die Happinger Fans: »T-S-V! Lass raus die Sau!«

»Mama, Feen gibt es nur im Märchen, oder?«, fragt Rosa.

»Aber nein«, sagt Rosas Mama leise. »Feen gibt's überall. Wenn du eine siehst, erfüllt sie dir einen Wunsch.«

»Wirklich?«, fragt Rosa.

Der Blick ihrer Mama schweift versonnen zu den Rosen vom Schreiner Flörl an. Wunderschöne Rosen. Rote, weiße, gelbe. Prachtvolle Rosen. Viel größer als Rosa selbst.

»Es gibt bestimmt auch eine Rosenfee«, sagt ihre Mama.

Feen lügen nicht.

Da walzt Frau Pallphos aus ihrem Haus gegenüber von Schreiner Flörl. »Ach, die Maria!«, schnauft sie und packt Rosas Mama voller Anteilnahme am Arm.

Als Rosas Mama noch im Kirchenchor war, hat sie zusammen mit Frau Pallphos singen müssen. »Die Pallphos ist eine scheinheilige Kuh«, hat Rosas Mama einmal gesagt.

Rosa hätte gern genau gewusst, was eine scheinheilige Kuh ist. Eine Fee, vielleicht?

Aber heute sind Rosas Gedanken woanders. In ganz großer Gefahr ... Etwas, was noch nie zuvor jemand geschafft hat ..., denkt sie.

Ihre kleine Hand tippt bei jedem Schritt gegen den alten Gartenzaun.

Der Zaun ist furchtbar alt und wacklig. Vor allem das Stück hinter dem Schuppen. Denn dort, genau in der Mitte, kann der ganze Zaun ins Schwanken kommen und mitsamt seinen morschen Pfosten umkippen. Keinen einzigen schiefen Schritt darf man da machen, sonst ist es vorbei.

Gleich danach kommt ein Stück, wo zwei Zaunlatten zusammengenagelt sind. Die sind so dünn, dass sie sich fast jedes Mal umdrehen, wenn man sich darauf stellt.

Das ist große Gefahr! Und freihändig hat den Zaun vom Schreiner Flörl noch nie jemand geschafft!

Rosa muss jetzt alles sehr genau planen.

Es wird der größte Coup ihres Lebens.

Denn heute wird Rosa einen Prinzen für ihre Mama herbeizaubern. Der Prinz wird Rosas Mama bestimmt wieder glücklich machen.

Brav nimmt Rosa die Hand ihrer Mama und sagt: »Mama, ich komm gleich wieder.«

»Ja, mein Schatz.« Ihre Mama lächelt. Sie lächelt immer, wenn sie mit Rosa spricht. Sie glaubt, Rosa würde es dann nicht sehen.

Seit Rosas Geburt ist Mama traurig. Vielleicht auch schon seit noch früher. Rosa ist sich nicht ganz sicher, aber sie glaubt, ihr Vater ist schuld daran. Er ist auch vor Rosas Geburt verschwunden. Wie das Lächeln ihrer Mama. Rosas Vater ist ein Glücksdieb. Gott sei dank hat Rosa ihn nie gesehen.

Rosa zieht ihre Sandalen aus und klettert auf den Zaun.

Frau Pallphos erzählt etwas von einem Krebs, den irgendeine Frau Zierl hat.

Rosas Mama nickt dazu nur. Vor Rosas Geburt hat die Sonne Glitzerfunken in ihrem Haar verstreut. Wo sie war, hat die Luft immer nach Vanillestangen gerochen.

Hoch oben steht Rosa auf dem ersten Pfosten.

Tapfer versucht sie, ihr Herz vom Zittern abzuhalten.

Der Prinz müsste groß und blond sein, denkt Rosa. Einen grünen Anzug müsste er anhaben. Aber keine Krone auf dem Kopf. Es braucht ja nicht gleich jeder zu wissen, dass er ein Prinz ist.

Er würde Rosa auf den Schultern um den Fußballplatz tragen und für sie und ihre Mama ein Eis kaufen. Sie würden richtig lachen. Sie wären genauso wie alle anderen.

So würde es dann bleiben, bis sie alle gestorben sind.

In Märchen wird nicht die Wahrheit erzählt. Das weiß Rosa natürlich. Aber selbst wenn nur ein bisschen was davon wahr wäre, wäre es genug.

Vom Himmel herunter hört Rosa jetzt einen leisen Trommelwirbel. Schritt für Schritt setzt sie ihre Füße auf die schmalen Zaunlatten. Zaghaft. Die Rosen verbreiteten einen Duft, so dick und schwer, dass ihr fast schlecht wird davon. Rosas Herz klopft viel zu laut. So laut, dass ihre Mama es hören muss.

Aber ihre Mama sagt, ganz in Gedanken, zu Frau Pallphos: »Schau, wie schön die Rosen sind.«

Rosa ist hoch konzentriert. Der Zaun schwankt schon sacht hin und her. Die schwierigste Stelle liegt jetzt genau vor ihr: Die morschen Pfosten hinter dem alten Schuppen, und gleich danach das zusammengenagelte Stück.

Rosa setzt ihre Fußspitzen auf wie eine Seiltänzerin. In Gedanken hält sie eine Balancierstange in den Händen. Rosa hört auf, die Rosen zu riechen. Sie hört auf, die Geräusche vom Fußballplatz zu hören. Ihre Mama und Frau Pallphos verschwinden aus ihrem Blickfeld. Für Rosa gibt es nur noch ihre Füße und die schlingernden Bretter unter ihr.

Und kann, als ihre Mama schreit: »Rosa, nicht, der Zaun wackelt doch wie ein Kuhschwanz!«, schon gar nicht mehr antworten.

Sie steigt fast bewegungslos über den morschen Pfosten hinweg. Dann über einen weißen Rosenbusch, der so schwer auf dem Zaun liegt, als hingen reife Äpfel dran.

Der morsche Pfosten verschwindet hinter Rosa. Auch der dicke Rosenbusch bleibt hinter ihr zurück.

Unter ihr jetzt die dünner werdende Zaunlatte. Der ganze Zaun fängt an zu zittern.

Nicht wackeln, denkt Rosa. Einfach nicht wackeln.

Aber der Zaun zittert weiter. Zittert immer mehr. Rosas Hände schaukeln irgendwo über ihrem Kopf.

Rosas Mama streckt erschrocken die Arme nach ihr aus. »Pass auf!«, schreit sie.

Rosas Bein schwingt von einer Seite auf die andere, pendelt fast so hoch wie die kupferne Dachrinne am Schuppen vom Schreiner Flörl.

»Um Gottes willen, Rosa!«, schreit ihre Mama.

Rosa darf nicht aufgeben! Nur noch zwei Meter, und der Zauber erfüllt sich.

Draußen am Fußballplatz dröhnen die Sirenen lauter und lauter. Rosa hält die Luft an. Wenn ich es schaffe, esse ich nie wieder Schokoladenpudding!, schwört sie eilig.

Der Zaun knarzt und knackst.

»Aus der Bahn, Kartoffelschmarrn!«, brüllt plötzlich eine Stimme hinter Rosa. Ein Bonanza-Fahrrad schießt aus der steilen Hofeinfahrt hinter der Werkstatt vom Schreiner Flörl heraus.

Es rast an Rosa vorbei.

Wilde Haare fliegen im sausenden Fahrtwind wie eine goldene Fahne. Aus dunkelgrünen Augen blitzt es wie ein Gewitter. Ein elektrischer Schlag trifft Rosa!

Und *zack!* Knickt die Zaunlatte weg. Rosas Fuß tritt ins Leere. Ausgerechnet jetzt, denkt sie noch.

Für einen Augenblick passiert gar nichts.

Und dann fällt sie.

Sie merkt gar nicht, wie sie auf dem Boden aufschlägt.

Plötzlich ist es Nacht, am helllichten Tag.

Rosa ist an einem seltsamen Ort, weit, weit weg von Happing. Viel weiter, als man mit dem Auto fahren könnte. Alles ist dunkelblau und durchsichtig. Und als Rosa sich umschaut, merkt sie, dass überall Sterne sind. Über ihr und unter ihr, kleine glitzernde Punkte.

Ich muss im Himmel sein, denkt Rosa. Der Himmel ist doch der einzige Ort, an dem alles blau und durchsichtig ist.

Eigentlich müsste man auch irgendwo Engel sehen ... Man müsste sie Harfe spielen hören.

Rosa horcht.

Aber kein einziger Engel lässt sich sehen, und anstatt Harfen hört Rosa nur einen schrägen, vielstimmigen Klang. Als ob tausend Leute auf einmal etwas schreien würden. *»Toooor!!«*, und eine wilde Fanfare heult dazu.

Wenn Rosa könnte, würde sie sich die Ohren zuhalten.

Bestimmt kommt bald jemand, um sie abzuholen. »Hallo, lieber Gott?«, sagt Rosa leise.

Da packt Rosa jemand grob an den Schultern und schüttelt sie. »Rosa!!«, brüllt jemand.

Was ist denn!?, denkt Rosa. Gleich wird sie zornig.

Im Himmel sollte man schweben, findet Rosa, und nicht geschüttelt werden. Im Himmel ist es überhaupt nicht so, wie es sein sollte! Und vom lieben Gott ist weit und breit nichts zu sehen.

Da schiebt sich eine große runde Scheibe über Rosa. An den Rändern ist alles schwarz. Nur in der Mitte ist ein heller Punkt. Aus dem Punkt wird langsam ein Gesicht.

Marco Pollinger.

»Hallo«, flüstert Rosa. Ihr wird ganz warm.

»Hallo«, sagt Marco.

Plötzlich ist Rosa unbeschreiblich glücklich. »Jetzt bin ich da«, flüstert sie.

»Na endlich!«, sagt Marco.

Er hat auf mich gewartet!, jubelt Rosas Herz. Dann hört es auf zu schlagen. Es ist wie ein Stromschlag von einer Hochspannungsleitung.

Vor Hochspannungsleitungen hat Rosa sich immer gefürchtet. Schon ihre Oma hat immer gesagt: »Steig nie auf eine Hochspannungsleitung, da werden die Arme sofort zu Glas.« Man bleibt an der Stromleitung kleben, bis man voll und ganz gläsern ist. Dann bleibt das Herz für immer stehen und man stirbt einen schrecklichen Tod.

Aber dieser Tod ist es überhaupt nicht schrecklich. Rosa schwebt.

»Kannst du aufstehen?«, fragt Marco.

Rosa nickt. Sie sieht eine Straße und Blumen, aber die sind alle durchsichtig.

»Wo sind wir?«, fragt Rosa.

»Beim Schreiner Flörl. Du bist vom Zaun gefallen.«

»Aha«, sagt Rosa.

Gleichzeitig zwitschern die Spatzen im Holunderbusch und die kupferne Dachrinne am Schuppen vom Schreiner Flörl knistert leise in der Sonne.

»Warum bist du auch im Himmel?«, fragt Rosa.

»Was für ein Himmel?«, fragt Marco.

Er ist bestimmt ein Engel, denkt Rosa. »Wohnst du im Himmel?«, fragt sie.

»Ich wohn gleich da drüben«, sagt Marco.

Auf einer Wolke vermutlich. »Stimmt das?«, fragt Rosa.

»Ja, klar stimmt das. Kannst du jetzt aufstehen?«

Rosa nickt. Eine durchsichtige Blume schaukelt auf sie zu. »Wo sind wir?«, fragt Rosa.

»Beim Schreiner Flörl, du bist vom Zaun gefallen.«

»Ach so«, sagt Rosa. Seine Augen schimmern grün wie eine hohe Wiese im Sommer. »Warum bist du auch im Himmel?«

Marco zischt vor Ungeduld. »Ich bin doch nicht im Himmel! Ich wohn gleich da! Da hinten, beim Schreiner Flörl! Du bist vom Zaun gefallen. Ich hab schon die ganze erste Halbzeit verpasst wegen dir!«

»Oh«, macht Rosa. »Sind wir jetzt alle im Himmel?«

Marco schaut hilflos weg von Rosa, zu jemandem, der neben ihm steht. »Ich kann aber nichts dafür, wenn sie den Verstand verloren hat!«, sagt er.

Dann sieht Rosa ihre Mama durch das Dunkelblau. Sie ist ganz weiß im Gesicht. »Rosa!!«, schreit sie.

Rosa lächelt. Sie würde gerne vom Himmel herunter winken zu ihr. Aber ihre Hände sind viel zu schwer.

»Rosa!«, schreit ihre Mama wieder. »Du wolltest allein auf dem Zaun balancieren und dann bist du runtergefallen. Wir warten schon seit einer viertel Stunde, bis du wieder aufwachst. Die Frau Pallphos holt grad den Doktor!«

Rosa nickt.

Dann wird die Welt wieder dunkelblau. Und sie sieht nur noch Marco. Überall, tausend Mal Marco, wie in einem Kaleidoskop. Sein gold glänzendes wildes Haar. Sein grünes T-Shirt. Den Fußball, den er unter den Arm geklemmt hat. Die Zahl 5, die auf sein T-Shirt genäht ist. Der obere Strich ist schon abgefallen.

»Sind wir jetzt alle tot?«, fragt Rosa.

»Niemand ist tot, mein Schatz«, sagt Rosas Mama irgendwoher.

»O Mann, Rosa!« Das ist Marcos Stimme. »Kannst du

nicht an einem anderen Tag auf den Kopf fallen! Heute ist das wichtigste Spiel überhaupt!«

Rosa schaut ihn an. Eine Ewigkeit lang. Seine Augen sind wie Magnete. Rosa wird an ihnen kleben bleiben. Für immer. »Es geht schon wieder«, sagt sie dann.

Und Marco sagt: »Gut, dann fahr ich jetzt.« Er springt auf sein Bonanza-Fahrrad und segelt mit einem kühnen Satz über den Gehsteig davon.

Flapp, flapp, flapp, hört Rosa und sieht ihr Herz hinterher fliegen.

»Du, Mama?«, fragt Rosa. »Warum warst du auch im Himmel?«

»Aber wir waren nicht im Himmel!«, schreit ihre Mama. »Wir sind in Happing, auf der Straße!«

»Ach so.« Ein süßer Geruch klebt in Rosas Nase. Die Rosen vom Schreiner Flörl.

»Mama, hier stinkt's!«, sagt Rosa.

Rosa weint gar nicht. Sie hätte allen Grund dazu. Ihr Knie ist aufgerissen. Das Blut saust wie auf einer Autobahn an ihrem Schienbein hinunter.

»Wir müssen doch zum Fußballspiel«, murmelt sie.

»Nein, müssen wir nicht, wir gehen nach Hause«, sagt ihre Mama und hebt sie hoch. Rosas Beine klirren dabei ganz leise, als wären sie aus Glas. Ihre Mama muss sie nach Hause tragen.

»Bin ich jetzt gelähmt?«, fragt Rosa.

»Nein. Natürlich bist du nicht gelähmt. Nur müde.«

Rosas Knie träufelt eine Spur aus Blutstropfen auf die Straße.

»Mich hat wahrscheinlich nur ein elektrischer Schlag erwischt«, sagt Rosa und gähnt.

»Ja, mich auch«, sagt ihre Mama. Dann lacht sie, laut und glockenhell.

Es ist ein echtes Lachen, denkt Rosa und schaut ihre Mama an.

»Ich kann zaubern«, flüstert sie.

Da drückt ihre Mama sie an sich. »Meine verrückte kleine Rosa.«

An diesem Sonntag hat der TSV Happing das wichtigste Spiel seiner Vereinsgeschichte verloren.

3

Fliederblauer Liebeskummer

Rosa ist acht. Auf dem Rasen hinter dem Haus wächst schon Löwenzahn. Bald muss er gemäht werden. Denn Rosas Oma schimpft über solche Dinge.

Es ist ein Mittwoch im April. Es ist noch nicht einmal zwölf. Rosas Mama sitzt mit einer Tasse Kaffee, die längst kalt geworden ist, auf der Terrasse, als Rosa unter der Hecke durchschlüpft.

»Rosa! Was ist denn passiert?«, fragt ihre Mama. Sie ist ganz blass.

»Nichts.« Es ist das erste Mal, dass Rosa früher als normal von der Schule nach Hause kommt. Sie hat ihrer Mama damit einen Riesenschreck eingejagt. Das wird sie nie wieder tun. Nie wieder.

»Aber ich seh doch, dass du weinst«, sagt die Mama jetzt und zieht Rosa auf ihren Schoß.

Rosa versucht, die Tränen in ihrem Hals einzusperren. In einen eisernen Käfig. Aber es geht nicht.

»Marco«, schluchzt Rosa. »Mar-cooooo …«

»Schsch«, flüstert ihre Mama und schaukelt Rosa hin und her.

Eine fliederblaue Tränenspur fließt über Rosas Wangen.

Rosa hat sich extra schön gemacht heute früh. Mit Flieder-Lidschatten und dem Lippenstift ihrer Mama. Sie war so schön wie eine Braut an ihrem Hochzeitstag.

Denn gestern auf dem Mädchenklo in der Schule hat Rosa etwas erfahren:

»Ist doch klar, dass er verknallt ist«, hat Sabrina Finkberger mit ihrer Fistelstimme geflüstert. In der Kabine neben Sabrina hat jemand gekichert. Marion. Die war neu in der Schule, und hübscher als die Happinger Mädchen. »Aber der traut sich nicht!«

Rosas Hintern ist reglos über der kalten Kloschüssel geschwebt. Sie hat keinen Mucks gemacht, damit Sabrina und Marion nichts bemerken und weiterreden. Aber da sind sie schon kichernd in den Pausenhof gelaufen. Rosa hat nicht mehr mitbekommen, wer verknallt ist. Und in wen.

Was, wenn sie Marco gemeint haben?

Marco und Rosa?

Rosa wartet seit dem Zauber vom Zaun auf ihn.

Er hat seitdem kein Wort mehr zu ihr gesagt. Rosa hat sich schon tausend Mal gefragt, warum. Magie ist doch stärker als alles andere. Rosa und Marco sind doch füreinander bestimmt. Sonst hätte er damals nicht das halbe Fußballspiel verpasst! Es muss etwas geschehen!

»Ein bisschen Lippenstift wirkt manchmal Wunder«, sagt Rosas Oma immer.

Also hat Rosa vor der Schule vorsichtshalber eine zweite Schicht Lippenstift auf ihren Mund geschmiert.

Als sie dann vor Marco gestanden ist, hätte sie schwören können, dass sie ein zuckendes, blaues Licht zwischen ihm und ihr gesehen hat. Marco hat es nicht gesehen. Er hat nicht einmal Rosa gesehen.

Doch Rosa hat sich todesmutig vor ihn gestellt. Sie kann sich erinnern, dass sie die Schoko-Milch gerochen hat, die er immer trinkt. Sein T-Shirt war blau, mit einem Delphin drauf.

»Du, Marco«, hat sie dann gesagt.

Nichts.

Erst als der Baumer Mani mit dem Finger auf Rosa gezeigt hat, hat Marco sie angeschaut.

Endlich! Jetzt wird das Wunder geschehen!

Rosa hat die Augen geschlossen wie eine Prinzessin, bevor der Prinz sie küsst, und hat ganz schnell gehaspelt: »Ich bin für immer dein!«

Keine Antwort.

Er hat es falsch verstanden!

Rosa hat es falsch gesagt.

Wahrscheinlich hat sie geklungen wie ihre Oma, wenn sie einen mit Straßenschuhen im Haus erwischt. »Schuh auszieh'n! Ich bin für immer dein!«

Rosa hat sich nicht einmal getraut, die Augen wieder zu öffnen.

In ihren Knien war ein Gefühl, als würde sie gleich ohnmächtig werden.

Aber plötzlich hat sie jemanden röcheln hören. Es hat geklungen wie Marcos Stimme: »Oooh, die g'spinnerte Rosa«, hat er gelallt. Wie ein Betrunkener.

Rosa hat die Augen auf gemacht und hat ihn gesehen. Wie er mit rausgestreckter Zunge vor ihr im Kreis getorkelt ist. Wie sein Zeigefinger über seine Stirn gekreiselt ist. Und wie er dazu gelallt hat »G'spinnerte Rosa, g'spinnerte Rosa!«

Die anderen haben es ihm nachgesungen. Der ganze Schulhof.

Rosa will es vergessen. Aber es ist wie ein Echo in ihrem Kopf. »G'spinnerte Rosa!«

Rosa weint bitterlich in die schöne seidige Bluse ihrer Mama.

»Ach, Rosa«, sagt die Mama traurig.

Auf einmal ist das Blau wieder da. Überall. Die Terrasse sieht aus wie unter Wasser. Das sind nur die Tränen, redet Rosa sich ein. Rosa will die Tränen aus ihren Augen wischen, damit alles wieder normal wird. Aber ihre Hände und Arme funktionieren nicht. Sie sind wie aus Glas. Wie damals.

»Ich mag Löwenzahn«, sagt Rosa. »Hast du eine Lieblingsblume?«

»Rat mal, welche.«

»Rosen«, schnupft Rosa in den Armen ihrer Mama. »Ich glaube, Rosen riechen nach gar nichts«

»Quatsch«, widerspricht Rosas Mama. Und dann flüstert sie in Rosas Ohr, wie ein kostbares Geheimnis: »Rosen verlieren niemals ihren Duft, kleine Rosa. Nicht einmal, wenn sie verblüht und vertrocknet sind. Wenn du sie einmal nicht riechen kannst, dann ist das nur, weil dein Herz gebrochen ist.«

»Aber wie bricht man sich denn das Herz?«, will Rosa wissen. »Ein Herz ist doch gar nicht aus Knochen.«

»Es geht ganz leise.« Ihre Mama sitzt ganz still.

»Stirbt man daran?«, fragt Rosa.

»Meistens nicht.«

»Aber manchmal schon?«

»Nein. Man fängt einfach von vorne an zu leben.«

Und da weiß Rosa plötzlich, dass ein Teil von ihr im Himmel geblieben ist. Damals. Und jetzt holt sich der Himmel den Rest von ihr zurück.

Auf einmal hat Rosa furchtbare Angst vorm Sterben.

Ihre Mama merkt es nur daran, dass Rosas Fingernägel sich so fest in ihre Hand graben, dass sie blutet. Sie schaukelt Rosa einfach weiter. Hin und her.

Mit weit offenen Augen schaut Rosa in den Himmel. Es ist schön, so geschaukelt zu werden. Hin und her und hin und her. Auch der Himmel schaukelt.

Irgendwann schaukelt Rosa aus der blauen Welt herunter wie ein Blatt vom Baum. Die Terrasse ist wieder braun und grün. So, wie sie gehört.

Ein Jahr später hat Marco in der großen Pause ein anderes Mädchen geküsst. Rosa hat sie gesehen. Neben der Turnhalle. Rosa hat dabei ein Geräusch gehört, wie wenn jemand im Wald auf einen Ast steigt. Ganz schnell und leise, nur ein Knacks. Eigentlich viel zu unscheinbar, um überhaupt ein Geräusch zu sein.

Seitdem ist Rosas Herz furchtbar schwer. Und gleichzeitig flattert es, als wollte es davon fliegen.

Rosas Mama hat es dreimal im Krankenhaus untersuchen lassen. Die Ärzte haben nie etwas gefunden. Sie sagen, Rosas Herz funktioniert einwandfrei. Es ist absolut nichts zu sehen.

Von außen hat man Rosa nie etwas angesehen. Rosa hat ausgesehen wie immer.

Jeden Tag gleich.

Bald war sie so gut wie unsichtbar.

4

Ein Vogel im Hollerbusch

Rosa ist neun.

»Mama, ist es schön im Himmel?«, fragt Rosa in das große Loch vor dem Grabstein hinunter.

Rosa hört keine Antwort. Nur ein Vogel zwitschert. Er sitzt in dem alten Hollerbusch hinter der Friedhofsmauer. Vielleicht ist ein Teil von Rosas Mama in diesem Vogel drin geblieben?

Der Pfarrer spricht von Maria Thanners schwerem Leid und von Erlösung für ihre arme Seele. Von einem besseren Leben, das jetzt auf sie wartet, im Jenseits. Im Himmel.

Der lügt!, denkt Rosa.

»Was ist, wenn's gar keinen Himmel gibt?«, fragt sie ihre Oma.

»Pscht!«, macht die Oma. Man muss still sein, wenn der Pfarrer spricht.

Aber Rosa fragt weiter: »Wo ist der dann? Der Himmel?«

»Pscht!« Die Oma wird zornig.

»Da droben, beim lieben Gott«, flüstert ein junger Mann hinter Rosa. Hubert Plettinger, der Enkelsohn vom alten Bäcker Höllthor. Der ist nett. Er hat Rosa schon ab und zu ein Eis geschenkt. Wenn der alte Höllthor nicht hingeschaut hat.

Aber die Wahrheit sagt er auch nicht. Denn im Himmel

war Rosa schon. Den lieben Gott hat sie dort aber nicht gesehen.

»Und wenn es keinen lieben Gott gibt?«, fragt Rosa.

»Natürlich gibt es einen lieben Gott, Rosa«, zischt ihre Oma. »Jetzt sei still!«

Ein Kind, das nicht an den lieben Gott glaubt, macht einen schlechten Eindruck auf einer katholischen Beerdigung.

Rosa ist still.

Wenn jemand stirbt, fangen alle an zu lügen. Die Leute reden, aber in Wirklichkeit weiß niemand, wo Rosas Mama jetzt ist. Man kann zum Beispiel aus dem Himmel wieder herunterfallen. So wie's Rosa passiert ist. Und dann? Wo ist man dann? Aber davon sagt der Pfarrer nichts.

Die Leute haben Rosa auch nicht gesagt, woran ihre Mama gestorben ist. Sie ist einfach in der Früh nicht aufgewacht. Herzstillstand, hat der Doktor gesagt. Aber das hat auch nicht gestimmt.

Rosa hat die Tabletten gefunden.

Sie wollte ihre Mama aufwecken. Es war schon halb sieben. Schon eine halbe Stunde zu spät zur Arbeit. »Mama, schnell, steh auf, der Höllthor schimpft sonst wieder«, hat Rosa geflüstert.

Aber da war Maria schon ganz kalt und weiß.

Rosa hat die Tabletten ins Klo gespült. Die Leute sollten das nicht wissen. Vor allem die Oma nicht. Vielleicht haben sie es trotzdem gewusst. Vielleicht haben sie deshalb zu Rosa gesagt, Marias Herz wäre einfach stehen geblieben, solche Dinge würden manchmal passieren, und niemand könnte wissen, warum.

Dann haben zwei Männer Rosas Mama in einen Sarg gepackt und weggetragen.

»Rosa, um sieben fängt der Rosenkranz an«, hat ihre Oma gesagt.

Aber Rosa ist auf dem Bett ihrer Mama sitzen geblieben wie ein Stein.

Also hat die Oma Rosa an der Hand genommen und in die Kirche geschleppt.

Die Mama ist an einem gebrochenen Herzen gestorben, denkt Rosa. Das sieht man von außen nicht. Man erkennt es nur manchmal in den Augen. Und Maria hat darauf geachtet, dass sie immer lacht, wenn jemand sie ansieht.

Der Sarg rattert an den dicken weißen Stricken in das Erdloch hinein.

Jemand tätschelt Rosas Kopf. Die Leute sagen ihr, sie sollte viel beten und immer daran denken, dass ihre Mama im Himmel ist und alles sieht, was Rosa macht.

Aber ich hab doch eh schon alles falsch gemacht, denkt Rosa.

Vielleicht wäre alles anders gekommen, wenn Rosa noch rechtzeitig einen Prinzen herbeigezaubert hätte.

Vielleicht wäre auch alles von allein gut geworden, wenn der alte Höllthor früher gestorben wäre. Aber der lebt ja noch.

Rosas Mama hat beim Bäcker Höllthor gearbeitet. Der Höllthor war ein großes Geschäft mit Regalen bis zur Decke. Vor den Fenstern waren auch Regale, so dass es drinnen immer dämmrig war, sogar im Sommer.

Rosa hat über die Hälfte ihrer Kindheit dort verbracht. Unsichtbar unter dem Klappbrett an der Kasse. Für einen Babysitter hatte Rosas Mama nämlich kein Geld, und die Oma hatte nachmittags immer Kundschaft in der Schneiderei oder Kaffeekränzchen.

Beim Bäcker Hööllthor war Selbstbedienung nicht üblich. Die Kunden sind vor dem Klappbrett stehen geblieben und haben ihren Einkaufszettel vorgelesen. Rosas Mama ist dann durch den ganzen Laden gelaufen und hat ihnen die Sachen gebracht. Zwischen all den Regalen, Stapeln und Schachteln hätte sich sowieso kein Mensch ausgekannt außer Rosas Mama und Donatus Höllthor selbst.

»Donatus« ist Latein und heißt »Von Gott geschenkt«. Donatus Höllthor war ein Frauenheld, haben die Leute gesagt.

Rosa hätte nie einen Mann haben wollen, der »Donatus« heißt. Auch der Prinz für ihre Mama hätte niemals so geheißen.

An den Nachmittagen, wenn alles ruhig war, hat Rosa sich einen Hund vorgestellt. Rosa hätte gern einen Hund gehabt. Aber das wäre nicht gegangen. Der Hund hätte den ganzen Tag in der Wohnung eingesperrt sein müssen. Und das wollte Rosa nicht. Manchmal hat Rosas Mama ihr und dem Hund Geschichten erzählt. Von Feen und Sternen. Und von sprechenden Blumen, die unausgesprochene Wünsche erfüllen.

Das war nichts für normale Leute. Rosa hat deshalb ein Pappschild mit der Aufschrift »Achtung! Verrückte Welt« gebastelt und an ihre Wohnungstür gehängt.

Das Schild hat die Oma sofort abgerissen, nachdem Mama tot war. »Du siehst ja, wie das endet!«, hat die Oma gesagt. »Du musst jetzt vernünftig sein!«

Wenn ich erwachsen bin und verheiratet, hat Rosa gedacht, dann bin ich nicht mehr vernünftig.

Manchmal hat Rosa sich vorgestellt, sie könnte dann unausgesprochene Wünsche erfüllen. Wie die sprechenden Blumen.

Rosa hat ja schon beim Höllthor immer im Voraus gewusst, was die Leute kaufen würden. Leider hat es in Happing keine großen Wünsche gegeben.

Die Leute haben fast immer das Gleiche gekauft. Ein Pfund Brot, ein Waschmittel, die billigen Schokoladenkekse, Gurken im Glas, Geschirrtücher und Aufschnittwurst.

Nie wollte jemand ein Stück von dem wertvollen Samtstoff ganz oben im hintersten Regal.

Einmal hat der alte Höllthor einen Laib echten Roquefort mitgebracht. Er war in dunkles Glanzpapier gewickelt. Wochenlang ist er auf einem Sockel hoch über den anderen Käsestücken gethront, als wäre er ein Goldklumpen. Gekauft hat ihn niemand. Irgendwann hat er angefangen zu stinken wie jeder andere verdorbene Käse auch und ist zerlaufen.

»Banausen«, hat Donatus Höllthor gemurmelt und hat ihn weggeräumt.

Vielleicht hat er ihn selbst gegessen.

Donatus Höllthor ist mit achtzig noch ein großer Mann gewesen, mit hoch aufgetürmtem, weißem Haar. Sein Bauch ist weit über die Hose hinaus geragt. Rosa hat sich oft gefragt, wie die Hose an seinen Beinen bleibt. Aber immer, wenn Rosa das gedacht hat, ist er aus seinem Büro herausgekommen, hat sich über Rosa gebeugt und ihr den Kopf getätschelt.

Und danach hat er sich über Rosas Mama gebeugt und sie getätschelt. »Die arme Maria«, hat er sie genannt. Er hat auch ihre Oberarme gedrückt, wie um zu prüfen, ob sie auch immer genug isst.

Rosa hat versucht, so wenig wie möglich an den Bauch vom alten Höllthor zu denken. Dann waren die Chancen besser, dass er in seinem Büro bleibt. Manchmal hat er lange durch die gläserne Tür auf die Straße geschaut. In Happing war die Straße oft stundenlang leer.

Einmal ist Rosa heimlich auf die Leiter gestiegen, um den schönen Stoffballen zu streicheln. Wie tausend wei-che Stacheln hat sich der Samt in ihren Händen ange-fühlt. Wenn sie nur einmal ein Kleid aus diesem Stoff tragen könnte! Das wäre wie eine Rüstung. In so einem Kleid, hat Rosa sich vorgestellt, könnte sie einmal in ein fernes Land reisen.

Niemand hat sie bemerkt, oben auf ihrer Leiter. Und deswegen hat Rosa alles gesehen.

Wie Donatus Höllthor von seinem Platz an der gläsernen Tür zu Rosas Mama gegangen ist. Wie er seine große alte Hand unter ihre Bluse geschoben hat. Er hat Mama an der Schulter festgehalten.

Und seine Hand, die unter der Bluse verschwunden ist, hat sich bewegt.

Mama lauf weg, wollte Rosa schreien. Aber dann hätte man sie auf der Leiter erwischt. Mama ist nicht weggelaufen. Sie hat in den Boden geschaut dabei. Seltsam erstarrt.

Der alte Höllthor hat gar nirgends hingeschaut. Seine Augen waren geschlossen und sein Gesicht seltsam nach oben gedreht.

Rosa hat sich nicht gerührt. Sie hat kein einziges Geräusch gemacht.

Doch dann hat der alte Höllthor die Augen wieder aufgemacht und sie gesehen.

»Rosa! Was machst du da?«, hat er so laut gedonnert, dass die Leiter gewackelt hat.

»Nichts«, hat Rosa gesagt.

Und ihre Mama ist zu der Leiter gerannt. »Rosa, komm *sofort* da runter!«

Ihre Mama hat sie gepackt und ihr einen Klaps auf den Kopf gegeben. Ihre Hände haben gezittert dabei.

Donatus Höllthor hat Rosa keinen Klaps gegeben. Er hat seine Hand, die in der Bluse von Rosas Mama gewesen ist, streng hinter seinen Rücken gesteckt und hat Rosa in den Keller geschickt, damit sie die Pappkartons in schmale Streifen schneidet. Mit solchen Streifen hat er immer seinen Ofen eingeheizt.

Weiter hat er nichts gesagt. Aber Rosa hat gewusst, dass er sie eine ganze Woche in den Keller sperren würde, wenn sie jemals wieder auf die Leiter steigt.

Rosa hat nie wieder den Samt in ihrer Hand gefühlt. Aber Donatus Höllthor hat seine Hand noch oft unter die Bluse von Rosas Mama geschoben. Auch in ihren Rock. Maria musste immer Röcke tragen in der Arbeit.

Rosa hatte nicht die Macht, ihm das zu verbieten. Niemand konnte ihm das verbieten.

Irgendwann, hat Rosa gedacht, irgendwann wird es ihm schlecht ergehen.

Aber Donatus Höllthor ist es nie schlecht ergangen. Immer nur den anderen.

Seiner Frau Centa zum Beispiel. Sie hat sich von ihm scheiden lassen. Ein Skandal. Sie musste wegziehen. Sie würde keinen Pfennig sehen von Donatus Höllthor, haben die Leute gesagt. Aber sie ist ja selber schuld, wenn sie einfach abhaut.

Centa Höllthor ist krank, hat es geheißen. Schizophrenie. Sie ist in ein Pflegeheim eingewiesen worden, mit fünfzig Jahren, und dort ist sie gestorben.

Niemand hat Donatus Höllthor dafür einen Vorwurf gemacht. Er war ja im Recht und seine Frau war verrückt.

»Der arme Mann«, haben die Leute gesagt.

Nur Rosa hat ihm den Tod gewünscht.

Aber er lebt. Rosas Mama ist gestorben.

Der Pfarrer wirft eine Schaufel voll Erde in das tiefe Loch hinunter. Es hallt, als die Kieselsteine in der Erde auf dem Sarg aufkommen.

»Ach, die arme Rosa«, sagt Frau Pallphos. Und tut so, als würde sie in den Boden schauen. Aber in Wirklichkeit lauern ihre kleinen Augen gierig auf jeder Bewegung, die Rosa macht. Sie will sehen, wie Rosa in Stücke bricht. Deswegen ist die Pallphos eine scheinheilige Kuh.

Sie ist nicht die einzige. Viele Leute starren Rosa so an. So aus den Augenwinkeln.

Rosa weint immer noch nicht.

Rosa ist ein tapferes Kind, sagen die Leute. Sie gehen jetzt zwischen Rosa und dem Grab ihrer Mama durch. Werfen Erde und Blumen hinein. Auch Donatus Höllthor geht an dem Grab vorbei, aufrecht und weißhaarig.

Du musst in den Himmel fliegen!, flüstert Rosa dem zwitschernden Vogel im Hollerbusch zu.

5
In einer Schachtel

Rosa ist neunzehn. Im Lager, neben dem Regal mit den Haarsprays und Shampoos, gibt es ein Brett mit Kleiderhaken, an denen die weiß-gelb-blauen Kittel für die Mitarbeiter hängen.

»Du wirst wahrscheinlich einen ›M‹ brauchen«, sagt Hubert Plettinger.

Rosa nickt und schiebt ihren Arm durch das dafür vorgesehene Loch. Der Polyesterstoff klebt an ihr wie Plastikfolie an einem warmen Käse.

»Komm einfach vor, wenn du fertig bist«, sagt Hubert. »Wir brauchen heute dringend jemanden an der Kasse.«

Wieder nickt Rosa, und Hubert marschiert eilig hinaus in seinen Supermarkt.

Wie hat das nur passieren können?, denkt Rosa.

Der Supermarktkittel ist ihr zu eng. Die Knöpfe stehen ab. Rosa zieht ihn aus und nimmt einen »L« vom Haken.

Die Oma hat gesagt, ein Mädchen braucht zuallererst einen anständigen Beruf. Auf den sie immer zurückgreifen kann. Wenn Rosas Mutter damals etwas Anständiges gelernt hätte, wäre es *nie* so weit gekommen. So weit kommt es nicht, wenn man etwas Nützliches macht. Rosa ist immer nützlich. So wie eine Nähmaschine nützlich ist oder ein Lexikon, wenn man wissen will, wo Papua-Neuguinea liegt.

Die Oma will manchmal solche Dinge wissen, wenn sie bei einem Preisausschreiben mitmacht.

Eigentlich ist Rosa Friseurin. Vor einem Jahr hat sie im Vorbeigehen den Zettel im Schaufenster von Sylvias Friseursalon gelesen: »Lehrling gesucht«.

Rein moralisch hatte Sylvia ein paar Bedenken wegen der Sache mit Rosas Mutter. Bis heute weiß im Dorf nämlich niemand wirklich, woher Maria damals so plötzlich schwanger geworden ist. Natürlich hat man Vermutungen angestellt, vor allem im Kirchenchor. Man hat zwei und zwei zusammengezählt und so weiter. Manche haben auch auf den Pfarrer getippt. Aber das Kind sieht dem Pfarrer ja überhaupt nicht ähnlich. Rosa ist eher zu groß, und der Pfarrer ist klein und dick. Und letzten Endes geht's einen ja nichts an, hat Sylvia gemeint. Und die Leute gewöhnen sich schnell an etwas.

Außerdem ist Rosa freundlich und unauffällig. Es ist ja nichts lästiger als ein Friseurlehrling, der auffällt. Sylvia hat Rosa also eingestellt und ihr innerhalb zwei Wochen alles beigebracht, was man als Friseurin in Happing können muss. Rosa hat allen Kunden die Haare geschnitten, Dauerwellen gelegt und sogar Toupets angepasst.

Und Sylvia hatte Zeit für sich. Zeit für Gran Canaria. Sie hat einen pensionierten Lufthansapiloten kennen gelernt und ist nur noch ein einziges Mal zurück nach Happing gekommen und zwar, um ihren Friseurladen zu schließen.

Seitdem gibt es in Happing keinen Friseur mehr. Und auch im Umkreis keinen Friseur, der Rosa hätte brauchen können.

»Ich könnte doch studieren«, hat sie zu ihrer Oma gesagt.

So wie Elfie. Elfie ist gleich nach der Schule in die Stadt gezogen. »Happing bringt dich um auf Dauer«, hat sie gesagt. Jetzt studiert sie Japanologie und Linguistik. Sie sagt, damit kann man später eigentlich alles machen. Dolmetscherin zum Beispiel. Außerdem will sie mindestens fünfzehn Kilo abnehmen und das ist in Happing unmöglich.

Rosa würde nur acht Kilo abnehmen wollen. Und Dolmetscherin würde sie auch nicht werden. Lieber hätte sie eine Erklärung für den Urknall gefunden.

Aber Rosas Oma hat noch in der gleichen Woche den alten Höllthor auf dem Friedhof getroffen.

»Beim Höllthor würden sie dich sofort nehmen«, hat sie Rosa berichtet.

»Nein!«, hat Rosa geschrien.

»Das ist doch jetzt lange genug her«, war alles, was die Oma dazu gesagt hat. Die Sache war entschieden. Der Lehrvertrag war schon aufgesetzt.

Heute ist Rosas erster Tag. Vielleicht wird es ja gar nicht so schlimm, versucht Rosa zu denken. Sorgfältig knöpft sie den Kittel zu, bis zum letzten Knopf, und zupft den Kragen ihrer beigen Bluse darunter zurecht. Einzelhandelskauffrau ist ein solider Beruf. Der Bäcker Höllthor ist jetzt ein moderner Edeka. Mit Förderband und Scanner und EC-Karten-Lesegerät.

Außerdem ist Hubert Plettinger jetzt der Chef. Rosa kennt ihn noch aus der Schule. Er ist nur vier Jahre älter als sie. Hubert kann sich noch gut an Rosas Mama erinnern und sogar an Rosas Sturz vom Zaun.

Und an die blamable Niederlage des TSV Happing, an diesem Sonntag vor zwölf Jahren.

Es wird bestimmt nicht so schlimm.

»Ach, da ist ja unsere Rosa«, sagt plötzlich eine dünne Stimme hinter ihr. »Sagst du gar nicht Grüß Gott?«

Rosas Hals fühlt sich an, als würde sich eine nasse, klebrige Hand darauf legen und zudrücken. »Grüß Gott, Herr Höllthor«, sagt Rosa.

Seine alten Augen zählen gedankenlos die Knöpfe an ihrem Kittel.

Mit sorgfältig gesetzten Schritten geht Rosa in den Laden.

Heute gibt es kein Klappbrett mehr. Die alten Stoffballen sind verschwunden, die hohen Regale und die Leiter. Die Käsetheke ist nagelneu. Und trotzdem hat sich nichts geändert. Irgendwoher wird sie immer die krächzende alte Stimme hören, und die knochige Greisenhand streicht im Vorbeigehen über ihre Arme.

Ich kündige einfach, denkt Rosa für sich, als sie sich zum ersten Mal auf den billig gepolsterten Drehstuhl hinter der Kasse setzt.

Aber heute ist Montag. Dreimal kommt ein LKW mit Warenlieferungen. Die Papierrolle an der Kasse geht aus und im Bäckerei-Café ist die Kaffeemaschine kaputt.

Den ganzen Tag ist Not am Mann. Und Rosa macht sich nützlich. Eine Plastikpackung nach der anderen zieht sie über den Scanner. Sie lächelt, sagt »Grüß Gott« und »Auf Wiederschau'n«.

Nach einer Stunde ist es so, als hätte sie noch nie im Leben etwas anderes gemacht.

»Rosa, du bist unsere Rettung«, sagt Hubert Plettinger in einer kurzen Atempause am Vormittag.

Rosa lächelt.

Am Nachmittag hört sie ein tiefes Brummen draußen auf der Straße. Sie sieht, wie der große dunkelgaue Jeep in den Parkplatz biegt. Marco fährt so einen Jeep. Über Rosas Stirn fängt etwas an zu kribbeln. Es rieselt ihren Nacken hinunter, als würde jemand Kieselsteine über ihr ausschütten. Es rollt klackernd über ihren Rücken bis in ihre Beine.

»Marco ...«, seufzt Rosas Herz.

Er steigt aus und kommt auf den Eingang zu.

Er hat es eilig. Schlängelt sich durch die gläsernen Schiebetüren, kaum dass sie einen Spalt offen sind.

»Hallo!«, krächzt Rosa.

Überrascht schaut er auf. »Ja, Rosa«, sagt er. »Hallo.« Er schenkt ihr ein flüchtiges Lächeln. Dann springt er mit einem Satz über das elektrische Schwingtürchen neben den Einkaufswagen.

Ich hätte etwas anderes anziehen sollen, denkt Rosa und schaut an sich hinunter.

Blankes Entsetzen packt sie.

Eine weißlich teigige Speckfalte rollt sich zwischen zwei Kittel-Knöpfen heraus. Auf Rosas weißer Haut, neben dem weißen Polyester, kringeln sich zwei dunkle Haare. Das ist Rosas Bauch. Sie hat ihn »Günther‹ ge-tauft.

Eigentlich weiß Rosa schon lange, dass es unmöglich ist.

Ganz und gar unmöglich, dass Marco *sie* wollen könnte. Rosa müsste acht Kilo abnehmen. Ach, sie müsste völlig anders sein. Acht Kilo abnehmen wäre noch das leichteste, und selbst daran scheitert Rosa seit Jahren.

Vielleicht, wenn Rosa damals eine andere Frisur gehabt hätte. Oder andere Klamotten ...

Als Rosa zum ersten Mal den Redemption Song gehört hat, war Bob Marley schon zehn Jahre tot. Aber Rosa hat damals voller Inbrunst ein T-Shirt mit der Aufschrift »None but ourselves can free our minds« getragen. Sie hatte auch alle Platten von Led Zeppelin. Die Red Hot Chili Peppers haben ihre Welt verändert, und sie wollte heroinsüchtig sein, nur weil Anthony Kiedis es war.

Rosa hat sich nur nicht getraut, einen Dealer anzusprechen.

Marion ist damals schon anders gewesen.

Marion war nie kompliziert. Sie war nie seltsam.

Marion hat alles zum Sprudeln gebracht, wie Sinalco Cola.

Marion ist auch auf der Busfahrt nach Budapest seit zwei Stunden auf der hintersten Sitzbank verschwunden, knutschend mit Marco.

Das war ihre Klassenabschlussfahrt, ein paar Wochen vor dem Abitur.

Rosa ist ganz vorne in der zweiten Bank gesessen und hat ihnen zugehört. Wie sie flüstern. Wie Marion atmet und seufzt, wenn Marco sie küsst. Küsse mit Kirsch-Kaugummi.

Sie ist seine große Liebe, hat Rosa sich eingestanden, als

der Bus bei Salzburg über die Grenze gefahren ist. Wenn man jemanden so küsst, ihn umschlingend, flüsternd und schmatzend, dann liebt man ihn bis zum Tod. Marion dafür zu hassen wäre falsch. Es wäre schlecht. Böse und unvernünftig.

Beim ersten Pinkel-Stopp auf der Autobahn ist Marion aus dem Bus geklettert, um mit ihren Freundinnen eine zu rauchen. Sie hatte ganz aufgescheuerte Lippen vom Küssen.

Marco ist eilig im Gebüsch hinter der Tankstelle verschwunden. »Hähähä, der muss Druck ablassen!«, hat der Baumer Mani über den ganzen Parkplatz gegrölt.

Rosa hätte am liebsten Marions geschwollenes Lächeln mit der Faust zerdroschen.

Aber was hätte das geändert?

Rosa hätte ja doch nie so sein können wie sie. Marion hat taillierte Jeans getragen. Push-up-BHs und bauchfreie Pullover. Sie hatte weißgoldene Strähnen im Haar und pinkfarbenen Lidschatten.

Rosa hat nur gute Noten geschrieben. Das war nie besonders schwierig für sie.

Schwierig war es, dem Baumer Mani über den Weg zu laufen, weil er seit der dritten Klasse nicht aufgehört hat, bei Rosas Anblick »Ich bin für immer dein« zu lallen. Oder eine Wasserpfütze unter ihrem Stuhl zu ignorieren, wenn an der Tafel steht »Was ist rot und klug und eine Pissnelke?«

Klar. Rosa.

Ein Jahr zuvor hat Rosa Marco zum Geburtstag das neue Red-Hot-Chili-Peppers-Album geschenkt. Anonym.

Er wird wissen, dass es von mir ist, hat sie gedacht. Und dann wird er alles verstehen.

Marco hat die CD ausgepackt und die ersten Takte von *Higher Ground* angespielt. »Geil.« Irgendwie hat er instinktiv als erstes Marion angeschaut.

Marion hat nur gelächelt, wie sie es immer tut.

Und Marco hat sie strahlend umarmt und geküsst.

Marion war so klug, nichts zu sagen.

Seit diesem Tag waren Marco und Marion das Traumpaar. Und Marion steht auf die Chili Peppers.

Dafür hasst Rosa sie. Dafür hätte Rosa ihr die Augen herausgeschnitten, wenn nur irgendwo ein Messer gewesen wäre. Aber Rosa ist wie immer anständig geblieben. Anständig und ruhig.

Auch jetzt, auf dem Autobahnrastplatz kurz hinter Salzburg, hat sie ihre Fäuste zu frommen Händen gefaltet und an der Tankstelle eine XXL-Tafel Yogurette, Kartoffelchips und eine Tüte weiße Mäuse gekauft.

Sie brauchte beide Arme, um das alles zurück zum Bus zu tragen. Dann hat sie sich neben die dicke Elfie in die erste Bank gesetzt. »Magst du auch eine Yogurette?«, hat Rosa gefragt und ihre Schätze auf Elfies runden Oberschenkeln ausgebreitet.

Elfie hat nur die Yogurette angelächelt. »Ich muss doch Diät machen«, hat sie protestiert und im selben Moment das erste Stück Schokolade aus dem weichen Alupapier gewickelt und es durch ihre spuckenassen Lippen in die dicken Backen gesaugt. Sie hat mit geschlossenen Augen gekaut und geseufzt. Als wäre endlich ein langer karger Winter vorbei.

Dann hat Elfie Rosa den linken Ohrstöpsel ihres Walkmans gereicht. Und endlich musste Rosa Marions Küsse nicht mehr hören.

Für einen Moment waren sie glücklich. Die langweilige Rosa und die dicke Elfie. Dank Elfie, der XXL-Yogurette und den *Ramones* hat Rosa die Fahrt bis Budapest überstanden.

Budapest selbst hat sie auch überstanden.

»Eigentlich«, hat Elfie am letzten Abend auf der Elisabethbrücke zu Rosa gesagt, »müsstest du jetzt alles überstehen können.«

Denn auch wenn Rosa Marco für immer liebt – sie wird ohne ihn leben.

»Du hast ein richtiges *Schicksal«,* hat Elfie geseufzt. »Wie bei Romeo und Julia!«

Heute denkt Elfie anders.

Aber heute steht Marco auch an der Kasse, vor Rosa, lächelt und sagt: »Jetzt hab ich dich aber schon lang nicht mehr gesehen.« Rosa kündigt nicht an ihrem ersten Tag beim Höllthor. Das Schicksal hat sie an diese Kasse gesetzt.

Wie auf einer Wolke schwebt Rosa nach Hause.

Am Abend rast ihr Herz noch immer.

Sie muss irgend etwas tun. Elfie anrufen, damit sie wenigstens wieder einen klaren Gedanken fassen kann.

»Er war heute da, beim Einkaufen«, sagt Rosa atemlos in den Hörer.

»Ach, du liebe Scheiße«, sagt Elfie. »Und?«

»Es ist, wie es ist. Ich kann nichts dagegen tun«, haucht Rosa.

Rosa hört, wie Elfie am anderen Ende eine Flasche Prosecco öffnet. »Wenn man jemanden liebt, dann muss doch auch was zurück kommen«, sagt Elfie. »Sonst macht's ja gar keinen Sinn.«

Rosa nickt ins Telefon und sagt nichts.

»Du könntest wenigstens mal einen anderen küssen!«, sagt Elfie.

»Ich will keinen anderen küssen«, flüstert Rosa.

»Vielleicht gefällt's dir ja doch.«

»Niemals.«

Elfie hat ja ihren Super-Herbert. Seit der Abi-Party sind sie zusammen. Da war Elfie sogar noch dick. Dem Herbert war das von Anfang an egal.

Sie hat ihn mit ihren bonbonblauen Glitzeraugen angelächelt, und er hat gesagt: »Elfie, ich find dich super.«

Seitdem ist er ihr Super-Herbert und sie ist glücklich mit ihm. Vielleicht nicht immer und nicht nur glücklich, aber im Durchschnitt glücklich.

Es ist schön, so eine Liebe zu haben, denkt Rosa. Es ist ein großes Glück, wenn man mit jemandem zusammengehört wie Breze und Butter. Vielleicht ist es sogar ein Wunder.

Aber Rosas Liebe ist etwas völlig anderes. Rosas Liebe hat nichts mit Habenwollen zu tun. Marco ist in Rosas Blut wie Brausepulver. Er ist wie der eine Punkt am Horizont, den Rosa immer sehen kann. Er hat sich in sie eingebrannt.

Für Marco kann Rosa alles aushalten. Die Leute, Happing, den Höllthor.

»Ach, Rosie … Du verschwendest dein Leben«, sagt Elfie traurig.

Aber Rosa verschwendet ihr Leben nicht. Marco kauft jeden Tag Brezen und Streichwurst. In diesen Sekunden weiß Rosa, dass sie lebt.

Ein Jahr später stirbt Donatus Höllthor. Prostatakrebs. Es war ein schneller Tod. Sehr schnell und sehr gnädig. Nur die letzten Tage waren schmerzvoll. Er wird neben seiner Frau Centa beerdigt. Es ist eine bombastische Zeremonie mit Fahnen und Böllerschüssen. Die Vereine legen Kränze nieder, Reden werden gehalten, über die herausragenden Taten, die Donatus Höllthor in Happing vollbracht hat, und der Kirchenchor singt sein schönstes Requiem.

Rosa steht dabei weit weg vom Grab und betet, dass er nicht ihr Vater war.

Nach der Beerdigung geht Rosa zurück zum Edeka, setzt sich auf ihren Stuhl hinter der Kasse und macht ihre Arbeit wie immer. Viel ist nicht los. Ein paar Leute bleiben unschlüssig stehen, nachdem sie gezahlt haben, und wissen irgendwie nicht genau, ob sie Rosa jetzt ihr Beileid aussprechen sollten. Rosa lächelt ihnen zu und sagt freundlich »Auf Wiederschau'n, schönen Feierabend.«

Damit die Leute wissen, dass sie sich keine Gedanken um Rosas Trauer machen müssen und beruhigt nach Hause gehen können.

Am Abend sperrt Rosa den Laden zu, wirft die Geldbombe bei der Sparkasse ein und spürt plötzlich ein

Gefühl in sich, als würde sie nach Süden fahren und auf einmal merken, dass sie schon ganz nah am Meer ist. Obwohl sie noch gar nichts sieht oder riecht vom Meer. Ein seltsames Gefühl ist das. Rosa kann gar nicht einschlafen deswegen.

Noch dazu brennt draußen beim Fußballplatz das Flutlicht. Es scheint durch Rosas Schlafzimmerfenster und wirft ein hellblaues Quadrat auf ihr Bett.

Fußballtraining. Jeden Dienstag, Donnerstag und Freitag trainiert die erste Mannschaft des TSV Happing. Keine dreihundert Meter von ihrem Küchenfenster entfernt. Marco. Rosa sieht immer nur Marco. Immer und immer und immer. Auch wenn sie versucht, nicht an ihn zu denken.

Ich könnte eine neue Diät anfangen, denkt sie. Entschlacken und entgiften und endlich aus ihrer alten Haut schlüpfen wie eine Schlange und von vorne anfangen.

Der erste Tag der Diät ist Gurkentag. Rosa legt eine Gurke auf ihr schönes, glattes Schneidebrett. Akazienholz, laut Möbelhaus-Prospekt.

Das Flutlicht macht ihre Küche so hell, dass sie gar kein anderes Licht mehr braucht. Wie ein Tiefseefisch schwimmt sie in dem Hellblau, schwerelos und gleichzeitig unendlich schwer.

Klack, macht das Messer. Ein dünner Streifen Gurke fällt auf das Brett.

Klack. Die Klinge rutscht so weich durch das nasse grüne Gurkenfleisch, als wäre da gar keine Gurke. Nur geschnittene Luft. Rosa muss ihre Hand zurückschieben, damit die scharfe Klinge nicht ihre Fingerkuppen erwischt.

Klack.

Es fängt an zu regnen. Die Männer auf dem Trainingsplatz laufen sich warm. Der Wind trägt gedämpfte Männerstimmen herauf zu ihr, und ab und zu das Geräusch von Autoreifen auf Kies.

»Auf geht's, Männer!«, schreit der neue Trainer. Er heißt Toni.

Fußballschuhe traben über den nassen Rasen. »Drei-Fünf-Tuck-Tuck-Tuck!!«, brüllt Toni. Die Fußballschuhe zerwühlen den Boden zwischen den rot-weißen Hütchen. Feuchte Klumpen Erde fliegen in die Luft.

Rosa geht zum Fenster und schiebt die Gardinen zur Seite.

»Marco!! Zieh durch!!!«, brüllt der Trainer, und Marcos Körper schnellt vor wie eine gespannte Feder. Ein explodierender Vulkan. 100 Meter in 11,8 Sekunden. Mit rudernden Armen läuft Marco über das nördliche Ende des Spielfelds hinaus. Er hat lange, sehnige Beine. Schienbeinschoner hat er keine umgeschnallt. Wie eine Raubkatze sieht er aus.

Rosa kippt das Fenster und lässt den leisen Wind hereinwehen. Bald werden Regentropfen in die Küche blasen. Ein paar Tropfen kleben schon an der Scheibe. Rosa geht zurück zu ihrem Messer.

Es huscht über das Schneidebrett, *klack, klack, klack*, und hauchdünne Gurkenscheiben schmiegen sich an die Klinge.

Wie es wohl wäre, durch etwas anderes zu schneiden als durch eine Gurke? Durch einen Arm vielleicht. Oder ein Bein. Oder einen Hals? Rosa legt das Messer weg und horcht.

Stoßweise faucht der Atem der Männer in den Regen.

Langsam schwebt Rosa ins Schlafzimmer, zu ihrem Bett, und legt sich in das Flutlicht-Quadrat.

So wie sie es tun würde, wenn Marco jetzt bei ihr wäre.

Patsch! macht es draußen auf dem Platz. Rosa liebt dieses Geräusch. *Patsch!* wenn ein Fußballschuh mit Wucht den Ball tritt. Und *Paff!* ein Schienbein, das umgegrätscht wird. Gleich darauf ein Schrei. »Ahhh! Du Drecksau!«

Rosa sieht ihn. So nah vor sich, als wäre er bei ihr, in diesem Zimmer. Regentropfen fangen sich in seinen Haaren. Eine Strähne hängt ihm über die Augen, aber er schüttelt sie nicht weg. Er schaut wie gebannt auf Rosa. Rosa streckt die Hand nach ihm aus. Er ist da. Sichtbar. Spürbar. Mit ihr. Er streichelt sie, seine Hände zeichnen federleicht die Konturen des Flutlichtschattens auf ihrem Körper nach …

»Ah! 'zefix!«, stöhnt Marco draußen auf dem Platz. Seine Stimme vibriert in Rosas Kopf. Sie flattert über ihre Haut, krabbelt um ihre Schultern, schnurrt hinter ihren Ohren. Wie ein lebendiges Tier. Es rutscht kopfüber Rosas Rücken hinunter. Kriecht in ihren Bauchnabel und scharrt dort eine tiefe Höhle. Sehnsucht.

Atemlose Männerstimmen: »Was is'n, du Muschi, gib ab!« – »Super, Marco, hey! Ned so vui poppen, dann hast' ned so müde Haxen!«, keucht Elfies Super-Herbert.

Ned so vui poppen.

Das heisere Männerlachen schneidet durch Rosas Herz wie eine scharfe Klinge. In der Küche liegt das große Messer noch still neben der Gurke. Es blinkt im Flutlicht. Eine scharfe Klinge neben einem glatten, prallen, grünen Leib. Tut es weh, sich die Arme aufzuschlitzen? fragt sich Rosa.

Auf dem Fußballplatz krachen zwei Körper aufeinander.

Rosa rollt sich unter die Bettdecke. Elfie hat recht. Das muss aufhören.

Das seltsame Gefühl, am Meer zu sein, schwappt wieder über Rosa.

Bis zum Morgengrauen ist aus Rosas seltsamem Gefühl ein Gedanke geworden, der immer und immer wieder durch ihren Kopf kreist: »Ich könnte einfach in den nächsten Bus steigen und verschwinden.« Irgendwann würde sie dann auch Marco vergessen.

Rosa steht auf, holt ihre zwei Reisekoffer vom Schrank herunter und packt ein, was sie für nötig hält. Einen Schlafsack, drei Zahnbürsten, zehn Mal Unterwäsche, warme Socken, T-Shirts, Pullis, Jeans und ihren einzigen schicken Rock. Sie kocht sich noch einen Kaffee, mit ihrer nagelneuen Kaffeemaschine und setzt sich an ihren Küchentisch.

Und dann, um kurz nach sieben, traut sie sich nicht mehr. Wie jeden Tag nimmt sie einfach eine frische Bluse aus dem Schrank und geht zur Arbeit.

»Guten Morgen, Rosa«, sagt Hubert. Er sieht Rosa gar nichts an, und sonst bemerkt auch niemand etwas.

Die Koffer packt Rosa am Abend wieder aus und stellt sie auf den Schrank zurück.

Dort sind sie geblieben. Und Rosa ist in Happing geblieben. Tagein, tagaus. Jetzt ist es so, als wäre Rosa schon immer da gewesen. So ähnlich wie ein alter Regenschirm im Schrank. Genauso unspektakulär.

Der TSV Happing ist in diesem Jahr wieder in die Landesliga aufgestiegen. Marco Pollinger hat mit 23 erzielten Toren entscheidend zu diesem Erfolg beigetragen.

6

Herzbruch für 2,49

Der Supermarkt hat eine gelbe Schachtel aus Sperrholz um sie herum gebaut, nicht mal so groß wie ein Sarg. Rosa lebt in dieser Schachtel. Rosa liebt Marco. Und Rosa wiegt acht Kilo zuviel.

Dazu spielt die neue Musikanlage Pling-Pling-Schlager.

Immer gleich. Wie ein Wellenrauschen. Pling-pling rauscht hin, Pling-pling rauscht zurück.

Täglich zieht Rosa all die bunt verpackten Waren über den Scanner. Sie sind für Rosa wie gute Bekannte, die man jeden Tag trifft.

Eingeschweißte Paprikawurst 200g, zwei neununddreißig – piep.

Allgäutaler Almkäse für drei-neunundsiebzig – piep.

RitterSport Vollnuss 100g-Tafel – piep.

Joghurt Aktivio, 4 x 115g Packung, eins fünfundvierzig – piep.

Essiggurken, das große Glas – piep.

»Achtzehn Euro achtundneunzig, Frau Meier, danke schön, und ein Euro zwei zurück, ein schönes Wochenende, auf Wiederschau'n.«

Manchmal denkt Rosa, ihre Kasse könnte auch ein Gummiboot sein auf einem unendlichen Ozean.

Die Sonne scheint aus den Neonröhren an der Decke und außer ihr gibt's keinen Menschen weit und breit. Nur wenn draußen auf der Straße ein Auto vorbeifährt, schwappt die Welt wie ein sanfter, fauchender Wind herein. Vielleicht wird man blind, wenn man jahrelang im Neonlicht sitzt. Vielleicht wird man auch auf eine seltsame Art taub von der ewigen Pling-Pling-Berieselung.

An einem Freitagvormittag im Juli bleibt Hubert Plettinger aus vollem Lauf vor dem Kühlregal stehen. Ein abgelaufener Becher Milchreis fällt ihm aus der Hand. Er starrt zum Eingang seines Supermarkts, als würde dort ein Geist hereinschweben.

»Hey, Rosa!«, trällert eine vertraute Stimme durch den Supermarkt.

Elfie.

Man erkennt sie nicht wieder. Sie ist jetzt platinblond und zierlich. Sie hat drei Zentimeter lange Fingernägel und einen Diamanten im Bauchnabel. Und immer noch ein Herz aus Gold.

»Herbert und ich wollen ein Haus bauen!«, zwitschert sie.

Hubert Plettinger bückt sich nach dem zerplatzten Milchreis.

»Hubert, hast du einen Job für mich?«, fragt Elfie und blitzt ihn mit ihren gletschereisblauen Augen an.

»Ja«, sagt Hubert. »Nicht wahr, Rosa?« Und tatsächlich wird er rot.

»Ich kann freitags und samstags«, gurrt Elfie. »Wann kann ich anfangen?«

»Wann du willst, eigentlich«, sagt Hubert und verschwindet eilig im Lager.

»Der steht auf dich!«, flüstert Elfie Rosa zu.

Rosa tippt sich an die Stirn.

So kommt es, dass Elfie freitags und samstags neben Rosa an der zweiten Kasse sitzt. Und Rosa sich fragt, wie sie's jemals ohne Elfie ausgehalten hat.

Systematisch fängt Rosa an, Marco zu vergessen. Sie hat die Taktiken mittlerweile alle drauf: Jeden Montag Yoga, ein Polnischkurs für Anfänger an der Volkshochschule, eine neue Frisur. Und als Notprogramm immer eine Flasche Prosecco im Kühlschrank.

Aber Rosas Leben wird sich auch damit nicht viel weiter bewegen als das Förderband an der Kasse.

»Magst du auch eine Yogurette?«, schnurrt Elfie wie eine Katze, schon in der Früh um halb acht.

»Nein«, sagt Rosa dann streng.

»Warum nicht?«, schmatzt Elfie, und sie verschlingt ein Stückchen erdbeerduftende Schokolade.

»Mmh!«, seufzt sie wohlig. »Schokolade setzt Glückshormone frei. Ohne Glückshormone pack ich das heute nicht.«

Rosa eigentlich auch nicht.

Aber Elfie wiegt nur noch einundfünfzig Kilo, auf 1 Meter 65.

Nicht an Schokolade denken, denkt Rosa. Aber schon frisst sich ein großes, warmes Loch in ihren Bauch hinein. Wie eine nimmersatte Raupe. Es frisst sich tiefer und tiefer. Gräbt eine gähnende Schlucht. Glückshormone, denkt Rosa. In solchen Momenten hasst sie Elfie.

Damit sie nicht Elfies Tasche mit der Schokolade drin an sich reißt, zupft Rosa an ihrem lindgrünen Polyester-Pullunder mit Rollkragen. Der ist neu. Mal eine frische Farbe.

»*Gib mir noch eine Cha-aaaaaa-nce …*«, singt Elfie im Chor mit dem Supermarktschlager und testet, ob das Glitzerkorn an ihrem Fingernagel noch hält.

Es gibt Menschen, denen macht das *Pling-Pling* nichts aus. Es ist ruhig im Edeka. Alle normalen Menschen in Happing sind in der Arbeit und die Zeitungen im Regal riechen noch druckfrisch. Eigentlich mag Rosa diese Zeit. Freitagvormittag. Es ist eine schöne Welt. Es gibt Millionen Gründe, glücklich zu sein.

»Ich geh mal aufs Klo«, trällert Elfie und verschwindet.

Rosa holt ihre Fensterputzsprühflasche unter ihrer Kasse heraus. Sie sprüht über die Tastatur, über den Scanner, über die Klapptafeln mit den Codes: Fffft-Fffft. Ffffft. Es riecht herrlich frisch nach Zitrone und Sauberkeit.

Woher weiß man eigentlich, ob es richtig ist, so wie es ist?, denkt Rosa und wischt mit einem weichen Tuch über das Kassendisplay.

Die Schiebetür geht auf, und über Rosas Rücken schwappt eine Gänsehaut.

Marco.

Rosa weiß es auch, ohne sich umzudrehen. Sie dreht sich trotzdem um.

Er trägt die Jeans, die Rosa so mag an ihm, und ein Arbeitshemd.

»Hi«, haucht Rosa.

»Servus, Rosa!«

Rosas Herz schlägt vor Aufregung kleine Salti. Einatmen, denkt sich Rosa und zählt bis drei.

Marco spaziert durch die gläsernen Schiebetüren, als

wäre die Welt eine Blumenwiese und nur zu seinem Vergnügen gebaut.

Ausatmen, denkt Rosa und zählt bis zehn.

Er ist beim Müsli-Regal. Rosa sieht einen Teil seiner Schulter. Seine Hand streckt sich nach einer Schachtel Cornflakes aus, zögert, schwebt kurz über den Bio-Haferflocken und legt sich wieder auf die Cornflakes. Es sieht zärtlich aus. Wie eine Liebkosung. Rosas Augenlider zittern, ein bisschen außer sich.

Marco klemmt sich die Schachtel Cornflakes unter den Arm und verschwindet aus Rosas Blickfeld, und Rosa macht konzentriert zweimal ihre Augen auf und zu.

Plötzlich ist die Welt kopfüber. Die Schnittblumen neben dem Eingang hängen mit den Blüten nach unten in ihren Kübeln. Das Neonröhrenlicht scheint vom Boden herauf. Rosa muss sich irgendwo festhalten.

Irgendwo beim Milchregal klingelt Marcos Handy, und er nimmt ab. »Okay, bring ich mit, bin gleich da, Schatz«, sagt er. Eine Verpackungsfolie raschelt. *Schatz.*

Piiiiep!, kreischt ihre Kasse. Lauter gelbgrüne 9er blinken auf dem Display. Storno.

»Mist!«, sagt Rosa. Marco braucht nur zu erscheinen und sie fabriziert einen Riesenstorno.

Es wäre besser, wenn Rosa nicht hier an ihrer Kasse sitzen bleiben würde, bis Marco mit seinen Einkäufen fertig ist. Es wäre besser, wenn sie sofort ganz weit weg laufen würde.

Und ihn vergessen.

Jetzt sofort heimgehen und Marco vergessen.

Wo ist Elfie??? Rosa schaut sich um.

Elfies goldblonde Locken schimmern im Happinger Nieselregen, draußen vor der Tür. Elfie winkt aufgeregt die Straße hinunter, und der Halb-zehn-Uhr-Bus fährt hupend an ihr vorbei. Herbert fährt Bus am Wochenende. Sie kratzen jeden Cent zusammen. Für ihr Haus. Elfie lässt einen Luftkuss zu ihm fliegen.

Liebe … denkt Rosa. Und plötzlich: MüllerMilch Erdbeer. Um ihr Herz herum wird es ganz warm. Wie ein Fleck Sonnenschein Anfang Mai. Als nächstes sieht sie eine weiße Papiertüte vor sich, mit dem Emblem der Bäckerei Höllthor drauf. Hinter der Tüte steht jemand.

»Hey, Rosa.«

Brezentüten, Speziflaschen, Chipstüten. Ganz oben auf seinem Stapel balanciert ein rosaroter Plastikbecher. MüllerMilch Erdbeer.

»Hey«, krächzt Rosa.

Sein Blick wird einen Schatten dunkler, wenn er lächelt. Er hat Bartstoppeln im Gesicht. Weiße Farbspritzer kleben darin. In seinen Haaren hängt Staub von der Baustelle.

»Entschuldigung, ich muss zum Bus«, keucht die Frau Deimel, die Pfarrerskköchin, und schiebt sich an Marco vorbei. Plötzlich steht ein Fünf-Kilo-Karton Waschmittel vor Rosa auf dem Förderband. Marco grinst und tritt einen Schritt zurück.

»Grüß Gott, Frau Deimel«, sagt Rosa mühsam und tippt den Code für das Waschmittel in die Kasse.

Einatmen, ausatmen – lächeln.

Einatmen, ausatmen – kassieren.

Einatmen, ausatmen – Marco vergessen.

Marco hat Augen wie das Meer, das Rosa sich immer

vorstellt. Weit und tief. Man kann nie sicher sein, ob blau oder grün.

»Grün steht dir gut.«

Grün?

Marco zeigt auf den Rollkragen unter Rosas Supermarktkittel.

»Ach so«, sagt Rosa.

Auf dem Förderband vor Rosa fängt es an zu rauschen. Es sprudelt und schäumt um Rosa herum. Eine wilde Brandung legt sich über alle anderen Geräusche. Frau Deimel und ihr Waschmittel verschwinden in einer Wolke aus Gischt. Irgendjemand sagt etwas vom Wetter, ganz weit weg.

»Ja«, hört Rosa sich selbst, »es ist schön, wenn's lange hell ist.«

Rosas Kasse schwankt irgendwie, als hätte das Wasser sie unterspült, und Rosa würde damit hinaus schaukeln aufs offene Meer.

»Sieben-fünfundsiebzig, Frau Deimel«, schreit Rosa, schon von weit draußen, zum Ufer herein.

Jemand hält ihr einen Geldschein vor die Nase.

Rosa taumelt auf einer schäumenden Welle. Sie ist nur noch ein Tropfen Wasser, ein Lufthauch im Auge eines Hurricane, das fünfte Element.

»Danke schön, auf Wiederseh'n, Frau Deimel.«

Lächeln hilft. Lächeln und »Auf-wiederseh'n-frau-deimel«-Sagen hilft immer.

»Jetzt weiß ich, was ich vergessen hab!«, sagt Marco plötzlich.

»Hm?«

»Die Ananas.«

»Was für eine Ananas?«

»Die Marion will eine Ananas. Aber die darf nicht zu reif sein.«

Plötzlich ist da nichts mehr. Keine Welle, kein Ozean, Nichts. Rosa wird runterfallen.

Er weiß ja nicht, was er ihr antut. Er ist ja nur nett zu ihr. Wie man nett ist zu jemandem, den man eigentlich übersehen hätte, wäre da nicht die Supermarktkasse.

Rosa steht auf und geht zum Gemüseregal. Sie fühlt schon, wie sie fällt. Trotzdem hebt sie eine dicke, duftende Ananas aus dem karibisch geflochtenen Korb und trägt sie zurück zur Kasse. 997648 tippt sie in die Tasten. Der Code für Ananas. Den weiß Rosa noch auswendig, obwohl sie im freien Fall nach unten saust.

Kurz, bevor Rosa auf dem Ozean zerschellt, greift sie nach den Dingen, die Marco auf das Förderband gelegt hat. Brezen. Spezi. Müllermilch.

»Sechsundzwanzig-zweiundvierzig«, sagt sie.

Marco zahlt.

Rosa gibt ihm irgendwelche Münzen zurück.

»Ciao, Rosa …«, sagt er. Mit ›…‹. Er lächelt und verschwindet durch die gläsernen Schiebetüren.

Rosa horcht auf den leeren Klang dieses ›…‹.

›…‹ heißt alles.

›…‹ heißt gar nichts.

Rosa wartet auf den Aufprall.

»Ciao.«

Die Schiebetüren gehen hinter ihm zu, wie sie tausend Mal am Tag hinter jemandem zugehen …

»Wie schaust’n *du* aus?«, sagt jemand dicht neben Rosas Ohr. Elfie. Sie klingt entsetzt.

Rosas Herz macht Bumm-Bumm-Bumm. Dann macht es eine Pause. Und noch eine. Getriebeschaden, denkt Rosa. Bumm.

Elfie schwingt sich hinter ihre Kasse. »Du solltest mal an die frische Luft gehen«, sagt sie. »Du siehst aus wie der Tod.«

»Vielleicht wegen dem Pullunder. Zu heiß«, sagt Rosa.

»Dann schmeiß ihn weg. Grün ist eh nicht deine Farbe.«

Rosa wird’s plötzlich speiübel.

»Magst du echt keine Yogurette?«, fragt Elfie vorsichtig.

Rosa schüttelt stumm den Kopf. Yogu*rette-ette-ette* hallt es in ihren Ohren. Sie wundert sich, dass sie den Aufprall nicht spürt.

Irgendwann merkt sie, dass Elfies Augen ungeduldig blitzen. Elfie wartet auf die Wahrheit.

»Er hat eine Ananas gekauft«, sagt Rosa tonlos.

»Eine Ananas.«

»Ja. Für Marion.« Rosa nimmt nochmal die Sprühflasche aus der Schublade, um ihre Kasse fertig zu putzen. Sie lässt sie fallen.

»Du, Rosa …«, sagt Elfie langsam und runzelt die Stirn dabei.

»Was?«

»Wie lange willst du das noch durchhalten?«

»…«

»Es gibt tolle Männer. Überall.«

»…«

»Fällt dir denn gar keiner ein?«

»Wie?« Ein Teil von Rosa hört noch den tosenden Ozean.

Aber Elfie lässt nicht locker. »Einen Mann, der dir gefällt.«

»...«

»Irgendeiner.«

»Jon Bon Jovi vielleicht.«

»Super«, strahlt Elfie. »Das ist doch schon mal was.«

»Der ist ein Rockstar«, sagt Rosa. »Ein Mainstream-Rockstar.«

»Nein. Der ist ein *Rockstar.* Und früher war er Model.«

Rosa zuckt mit den Schultern, hebt ihre Sprühflasche vom Boden auf und geht schwankend durch die Regale des Supermarkts. Reis und Nudeln muss man noch auffüllen, denkt sie und marschiert zum Lager. Im Zeitungsregal fällt ihr der Aufmacher einer Frauenzeitschrift auf: »Loslassen. Wenn Frauen neue Wege gehen«. Sie steckt die Zeitschrift ganz hinten ins Sortiment.

Es wird Abend. Schon völlig automatisch lächelt Rosa zu Hubert Plettinger ins Büro, als sie dran vorbeigeht.

Dann marschiert sie neben Elfie her zur Sparkasse. Freitags muss immer die Geldbombe bei der Sparkasse eingeworfen werden.

»Wer ist denn früher mit dir zur Sparkasse gegangen?«, fragt Elfie.

»Niemand«, sagt Rosa. »Wieso?«

»Du könntest ja mit der Geldbombe verschwinden.«

»Hubert hätt's wahrscheinlich komisch gefunden, mit mir nach Feierabend durchs Dorf zu gehen«, sagt Rosa.

»Ich sag dir, der steht auf dich.«

»Schmarrn«, protestiert Rosa. »Hubert denkt einfach daran, was die Leute denken könnten.«

»Wirst schon noch sehen«, beharrt Elfie und Rosa lässt die Geldbombe durch das Loch in der Wand plumpsen.

»Heute ist noch ein Grillfest«, sagt Elfie, nebenbei. So nebenbei, dass es Rosa auffällt.

»Aha.«

»Fußball-Saisonabschluss und Einstand für den neuen Trainer.«

»Und du gehst hin?«

»Komm doch mit.«

»Nein«, sagt Rosa.

»Warum nicht?«

»Weil ich ... heute in die Badewanne muss.«

»Dann duschst du halt nur.«

»Nein.«

»Feigling.«

»Weißt du nicht mehr, wie's letztes Jahr war?«, fragt Rosa.

Letztes Jahr war Elfies Plan: »Alles oder nichts«. »Nichts« war keine Option, denn Rosa kann ohne Marco nicht leben – also »alles«. Und deswegen hat Elfie schließlich Rosa auf den Sportler-Fasching des TSV Happing geschleppt. Im Fasching fallen Hemmungen.

Das Motto war »Karibik«.

Rosa hatte nicht einmal einen Bikini. Aber um Bikini geht's nicht, hat Elfie gesagt. »Zeig ihm, wer du wirklich bist!«

Rosa war als *Coconut-Joe* verkleidet, Elfie als *Joes Palme.*

Der echte Coconut-Joe war ein berühmter marokkanischer Kokosnussverkäufer, den Elfie einmal am Strand von Barcelona kennen gelernt hat. Er trägt Badelatschen, sackförmige Shorts und ein Wüstenhemd aus dem zweiten Weltkrieg. Seine Kokosnüsse zieht er auf einem echten Tiroler Holzschlitten über den Strand. Dabei schreit er: »Co-ccoooooooo! Co-ccooooooooo!«

Schon als Rosa zuhause in das *Coconut-Joe*-Kostüm geschlüpft ist, hat sie sich gefragt, ob Marco ihre Verkleidung lustig finden würde. Ob sie ihn zum Lachen bringen würde. Rosa war nämlich mit Abstand der beste *Coconut-Joe* nördlich des Äquators. Und Elfie war die perfekte Palme. Gehüllt in einen Traum aus grünem Kunstsamt, Schilfgras und Kartoffelsäcken, gekrönt von einem fünfundziebzig Zentimeter hohen Hut, aus dem eine echte Yucca-Palme wächst. Elfie konnte mit den Blättern rascheln und mit dem Wind wehen wie eine echte Palme.

»Auf geht's, Joe«, hat Elfie vor dem Eingang zum Festsaal gesagt und eindringlich mit ihren blauen Augen geklimpert. »Zeig's ihm!« Und dann waren sie drin.

Mittendrin im Sportlerfasching. Coconut-Joe, seine Palme und sein Holzschlitten.

Sie hätten eigentlich der Brüller des Abends werden müssen.

Es war schlimmer als am Strand von Malibu. Die Spielerfrauen haben den Festsaal in einen karibischen Traumstrand mit echtem Sand verwandelt. Die wirklich schönen Frauen von Happing sind mit knappen Glitzer-BHs, Schnürchen-Rock und High Heels aufgelaufen.

Überall Selbstbräuner- und Solarium-getunte Haut.

»Hey, Joe …«, hat Elfie nach einem Blick in die Runde

gesagt. »Es gibt jetzt genau zwei Möglichkeiten für uns: Heimgehen oder Mai-Tai.«

»Mai-Tai«, hat Rosa gesagt.

Und so sind Rosa und Elfie schweigend zu der karibischen Bar in der Ecke gegangen. Eine einzelne Palme und ein arbeitsloser Kokosnussverkäufer.

»Warum war mir das nicht vorher klar?«, hat Elfie geseufzt, und Rosa hat »Zwei Mai-Tai, mit viel Eis, und zwei Strohhalme« bestellt.

Der Baumer Mani hatte Bardienst. Er hat kein Wort über Rosas Aufzug verloren. Er war sogar ausgesucht höflich. Entweder war er endlich zu alt für seine übliche Art von Humor, oder es war wegen Elfie. Denn seit Elfie dünn und platinblond ist, verwandeln sich die Männer um sie herum reihenweise in Kavaliere.

Das ist auch Elfies Super-Herbert schon aufgefallen. Das passt ihm gar nicht. Irgendwann wird einer daherkommen, fürchtet er, mit Elfie tanzen, ihr schöne Augen machen, und dann ist sie weg. Der Super-Herbert tanzt nämlich nicht. Nie. Elfie befürchtet schon, dass er nicht einmal auf seiner eigenen Hochzeit tanzen würde, sie hat nachts sogar Alpträume, dass sie Herbert deswegen nicht heiraten kann.

Komisch, hat Rosa dabei gedacht. Auf welche Gedanken man kommt, wenn man rund herum glücklich ist.

DJ Happy hat seine Fetenhits gespielt. Die schönen Spielerfrauen haben ihre schmalen Hüften im Kreis geschwungen. Rosa hätte nicht sagen können, was für sie furchtbarer war.

An Marions Bikini-Oberteil sind dünne Perlenfäden geschaukelt. Wahrscheinlich war das das Schlimmste. Es war ohne Mai-Tai keine Sekunde zu ertragen.

Marion hat mit allen Männern getanzt. Nur nicht mit Marco.

Das war ... Hoffnung.

Streit, hat Rosa gedacht. Trennung!

Marco und Marion waren schon öfter getrennt. Mal für eine Woche, mal für zwei oder drei. Einmal sogar für einen ganzen Winter.

Vielleicht dieses Mal ...

»Schluss!«, hat Rosa sich selbst befohlen.

Das wollte sie nie – auf das Unglück einer anderen Frau hoffen.

Sie hat es trotzdem getan.

»Mani! Zwei Mai-Tai, *ohne* Eis, zwei Strohhalme!«

»Prost«, hat die Palme zu ihrem Kokosnussverkäufer gesagt.

Was Marco an dem Abend getrunken hat, weiß Rosa nicht. Viel. Marco hatte Kummer zu ersäufen.

Rosa auch.

DJ Happy ist irgendwann hinter seinem DJ-Pult eingeschlafen.

Gerade wollte Rosa heimlich Jimi Hendrix auflegen, um zu retten, was noch zu retten war, als plötzlich Marco neben ihr aufgetaucht ist.

Er hat eine Schlagermelodie vor sich hingepfiffen: *»Rote Lippen soll man küssen, denn zum Küssen sind sie da ...«*

Marco hat wirklich unglaubliche Augen. Grün und blau, manchmal mit goldenen Splittern darin. Sogar seine betrunkenen Augen sind magisch.

»Aber …«, hat Rosa gesagt.

»Rote Lippen sind dem siebten Himmel ja so nah …«

»Aber …« Rosa hat irgendwie kein anderes Wort sagen können.

»Einfach so«, hat er gesagt. »Intuitiv.«

Rosa hat vergessen, Jimi Hendrix aufzulegen. Außerdem war es viel zu spät, um nüchterne Entscheidungen zu treffen.

»Komm«, hat er gesagt.

Rosas Haut hat angefangen zu kribbeln, als hätte sie beide Hände in einen Ameisenhaufen gesteckt.

Gottseidank hat sie ihre schönste Unterwäsche unter die Kluft von Coconut-Joe angezogen.

»Was trinkst du?«, hat Marco gefragt.

»Mai-Tai …«, hat Rosa gepiepst.

Marco hat Mani zwei Finger vor die Nase gehalten und hat sich aufatmend an die Palme neben der Bar gelehnt. Diese Palme war Elfie.

Elfie mag es nicht, wenn man sich an ihr anlehnt, weil man den Unterschied zwischen der Zimmerdeko und einer Frau nicht mehr wahrnimmt. Sie wollte Rosa am Kragen packen und nach Hause schleifen.

Aber Rosa hat so … glücklich ausgesehen.

Also hat Elfie sich taktvoll verhalten. Wie eine echte Palme.

Und Marco hat ganz leise in Rosas Ohr gesungen: »Rote Lippen soll man küssen, Ta-aaag und Nacht.«

Dann hat er, nach seinem Glas greifend, ein bisschen das Gleichgewicht verloren. Suchend ist seine Hand über

Elfie geschwebt und hat schließlich den ersehnten Halt gefunden.

»Pfoten weg!«

Marco hat sich verwirrt umgedreht. »Oh. Sorry.«

»Mainstream-Rockstar!«, hat Elfie gemurmelt und ist hinaus gerauscht vor die Tür. Rosa hat die Palmenblätter im Nachtwind wehen sehen.

»War das die Elfie?«, hat Marco gefragt.

»Ja …«

Seine Lippen waren samtig und weich, zuerst. Sie haben Rosas Hals so federleicht gestreift, dass all ihre Hautzellen wie wild nach mehr geschrien haben. Dann waren die Lippen an ihrem Ohr.

»Mmh«, hat Rosa gesagt. Gehaucht hat sie es. Für zwei Sekunden war Rosa durchsichtig, vollkommen aus Glas. Dann ist sie nach hinten gekippt. Sie ist nur stehen geblieben, weil sich ihr Hemd in der Bambuswand der karibischen Bar verfangen hat.

Er hat sie an beiden Händen genommen. »Fall mir nicht um«, hat er geflüstert.

»Huups. Nein, nein«, hat Rosa gesagt.

Mehr ist nicht passiert.

Aber Rosa hat das Gleichgewicht verloren bei diesem Kuss und seitdem nicht mehr wiedergefunden.

Am Montag danach ist Marco vor Rosas Kasse gestanden und hat zwei Brezen und 150 Gramm Streichwurst auf das Förderband gelegt.

»Guten Morgen, Rosa«, hat er gesagt.

Rosas Mund war nicht in der Lage, ein Wort zu formen. Er wird etwas sagen. Etwas von Liebe und Zukunft. Gleich.

Und dann hat er gesagt: »Was kriegst'n?«

»Wie?«

»Für die Brezen und die Streichwurst.«

»Zwei-neunundvierzig.«

Rosa lächelt, zieht mit einer immer gleichen fließenden Handbewegung plastikverpackte Dinge über den Scanner und ist freundlich zu den Kunden. Alles ist wie immer. Es ist ja nichts Schlimmes passiert. Niemand ist krank und niemand ist gestorben. Rosas Leben steht einfach nur still, das ist alles. Aber sie kann jetzt die *Heuschrecke* und die *Krähe*. Und sie kann perfekt polnisch »Przepraszam, przeszkadzam« sagen: Entschuldigung, dass ich störe.

Rosa bleibt an der Abzweigung zum Schwalbenweg stehen. Dort oben wohnt sie. »Gute Nacht, Elfie«, wird ihr letzter Satz für heute sein.

»Rosa, du hast seit Jahren kein Liebesleben«, sagt Elfie.

»Na, und?«

»Weißt du, was dir da entgeht?«

»Gar nichts entgeht mir«, murmelt Rosa. Ihr Herz ist nur noch ein alter Brocken Beton, seitdem. Es fühlt nichts. Nicht einmal Langeweile.

»Serielle Orgasmen«, gurrt Elfie.

»Du liest zu viel Frauenzeitschriften.« Rosa bückt sich zu dem Keramikfrosch neben der Haustür. Irgendwo in dem breiten Froschmaul muss doch ihr Hausschlüssel …

»Marco und Marion sind eh in Südtirol«, sagt Elfie.

Aber Rosa sperrt nur stumm ihre Haustür auf.

»Du tust ja so, als wärst du tot! Wegen einem *Fußballer!*«, schimpft Elfie.

»Du hast doch auch einen.«
»Ja. Ich hab ihn ja auch. Ich leb mit ihm!«
»Liebe ist nicht gleich haben«, sagt Rosa.
»Liebe ist aber auch nicht *so.* Liebe ist etwas Normales.«

7
Silberfische

Rosa weiß genau, dass es nicht gut geht. Sie hätte den Pizzaservice kommen lassen sollen und darauf vertrauen, dass irgendwann das Leben von alleine weitergeht.

Aber sie hat Elfie angerufen und gefragt: »Was schenkt man einem Fußballtrainer zum Einstand?«

»Nichts Besonderes. Irgend eine Kleinigkeit mit Fußball.«

»Okay«, sagt Rosa dann. Man sieht schon von weitem die weißen Lampions auf Tonis Terrasse. Es ist das perfekte Haus für einen Fußballtrainer. Groß, zartgelb gestrichen, mit Springbrunnen im Vorgarten und Kies in der Einfahrt. Terrasse und Balkon. Und, das Wichtigste, mit Blick zum Sportplatz.

Rosa fühlt sich jetzt schon wie Axel Schultz nach seinem letzten Kampf.

Elfie dagegen tänzelt den Gehsteig entlang. Sie ist ein Zirkuspferd. Und Happing ist ihre Manege.

Mit Schwung macht sie Tonis weiß lackierte Haustür auf.

»Hallo, Toni, das ist die Rosa.« Elfie lächelt ein zauberhaftes Lächeln.

»Hallo, Rosa, schön, dass du gekommen bist«, sagt Toni.

»Viel Glück in Happing«, sagt Rosa und drückt ihm ihr Geschenk in die Hand. Sie hat sich in letzter Sekunde für einen Bleistiftspitzer in Gestalt eines Fußballers entschieden, der in leidenschaftlichen Torjubel ausbricht, wenn man ihm den Bleistift in den Hintern steckt.

»Fühl dich bitte ganz daheim«, sagt Toni und stellt Rosas Geschenk zu den anderen Geschenken auf einen cremeweiß dekorierten Tisch. Mit Leinentischdecke.

Oh. Gar kein Geschenk wäre besser gewesen als der Plastikfußballer. Wie ein Mahnmal kniet er zwischen teuren Weinflaschen, Bildbänden über Patagonien und edel schlicht verpackten Espressotassen.

Marco steht am Salat-Buffet.

Der Boden unter Rosas Füßen ist plötzlich seltsam weit weg. »Südtirol!«, flüstert sie nur.

»Um Gottes willen!«, sagt Elfie beschwörend. »Ich hab's nicht gewusst! Wirklich.« Dann nimmt sie Rosas Arm in beide Hände und sagt feierlich: »Rosa, da musst du jetzt durch.«

Etwas anderes bleibt Rosa auch nicht übrig. Sie würde aus eigener Kraft wahrscheinlich nicht einmal mehr die Haustür finden.

Marco lächelt über irgendetwas, am Buffet

Rosas Herz macht monotone, dumpfe Geräusche. Immer gleich. Alles bleibt immer gleich. Rosa liebt Marco.

Ich muss mir andere Gedanken machen, denkt Rosa mit aller Macht.

»Da, trink«, sagt jemand. Plötzlich hält sie ein Glas Prosecco in der Hand, trinkt es in einem Zug aus.

Rosa sieht, wie Elfie ihren Herbert küsst, wie sie strahlend zwischen den Fußballern herumschwirrt und dass sie selbst wie durch Zauberei das zweite Glas Prosecco in der Hand hält.

»Findest du dich zurecht, Rosa?«, fragt Toni freundlich und pflichtbewusst. Der vollendete Gastgeber.

»Manchmal«, sagt Rosa, »wär's einfacher, tot zu sein.«

Toni bleibt neben ihr stehen und sagt gar nichts.

Er wird mich einliefern lassen, denkt Rosa.

Aber er schenkt einfach ihr Glas wieder voll. »Ja, du, also … bedien dich«, sagt er. »Iss und trink, so viel du willst.«

Rosa nickt und trinkt.

Marion schwebt quer durch den Raum. Sie wirkt ernst und elegant. Als wäre sie von Adel. Ihr champagnerfarbener Rollkragenpullover schimmert im gedimmten Licht.

Jetzt bin ich in einem Schundroman, denkt Rosa. Sie ist die Gräfin und ich bin die versteckte Geliebte. Und bild mir ein, das wäre alles echt. Rosa hatte ja schon als Kind eine viel zu blühende Phantasie.

Aber sie lächelt, als könnte sie auch so sein. Eine Figur in einem Schundroman wie alle anderen.

Weintrauben und kleine silbrige Fische liegen vor Rosa auf weißen Tabletts und Tellern. Die Fische werden von einer Kerze beschienen.

Rosa pflückt eine Weintraube vom Tablett. Die ist echt. Schmeckt sauer.

Langsam geht sie hinaus auf die Terrasse. Weiter hinten im Garten flackert ein Schwedenfeuer. Die weißen Lampions hängen ordentlich im Quadrat um die Terrasse herum, und darunter tanzt Elfie. Ihr Herbert steht neben ihr und bewegt sich keinen Schritt.

»Rosa, komm! Der tanzt einfach nicht!«, lacht Elfie.

Aus den Lautsprechern röchelt Iggy Pop: *»and now – the news«*.

Und dann peitscht die Stromgitarre über Tonis Terrasse, und Rosa kann nicht mehr still stehen.

»Louie, Louie, oh, baby, I gotta go now«, singt Rosa, drischt mit den Händen in die Luft vor ihr und wünscht sich, Schlagzeuger geworden zu sein.

Jemand neben ihr schreit auch mit: *»Makes me wanna sing – Louie, Loooouuie!«*

Marco.

Rosa wirbelt herum und trommelt in die Luft auf der anderen Seite der Terrasse.

»Romantisch wär was anderes!«, schreit Marco.

»Ja!«, schreit Rosa zurück

Wie kommt er denn jetzt auf Romantik? fragt sie sich.

Er lächelt in einen Pausentakt hinein.

»Louie, Louie«, singt Rosa. *»Ooooh, baby, I gotta go now.«*

Marco lacht.

Dann ist das Lied aus.

»Also dann«, sagt Rosa. »Bis später.« Sie wundert sich, wie normal sie sprechen kann.

»Bis später«, sagt Marco und geht hinein zu dem langen Tisch, an dem seine Fußballkumpels mit ihren Frauen sitzen. Er gibt Marion einen Kuss auf die Stirn.

»Schau doch hin!!«, schreit eine Stimme in Rosas Kopf. *»Marco küsst Marion!!«* Doch in ihrem Herzen pulsiert nur eine Frage: »Was genau meint er mit ›später‹?«

Elfie hilft Toni beim Weinflaschenaufmachen, Herbert schenkt den Gästen Wasser nach. Jeder amüsiert sich. Sie sind eine perfekte Fußballer-Familie. Alle außer Rosa.

Rosa geht zurück zu den Fischen auf dem Tablett. Zu

der schönen großen Glasschüssel voller eisgekühlter Piccolos am Buffet.

Prost.

Hier ist ein guter Platz, an dem Rosa bleiben kann. Hier fällt sie genauso wenig auf wie eine zufällig dort hingestellte Blumenvase. Sie kann abwechselnd einen Fisch essen und einen Piccolo trinken. Irgendwann wird schon jemand kommen mit einer Wolldecke, sie einwickeln und nach Hause schicken.

Währenddessen kann sie ja zuschauen, wie Marco und Marion kuschlig nebeneinander auf der Eckbank sitzen. Sein Arm liegt beschützend und besitzend zugleich hinter ihr auf der Rückenlehne. Jetzt sagt sie ihm etwas ins Ohr. Es muss etwas Schönes sein, denn sie strahlt richtig dabei.

Marco sieht aus, als müsste er kurz über das nachdenken, was sie ihm gesagt hat. Er studiert den Boden seines Weinglases und zuckt mit den Schultern. So, wie man es macht, wenn man eigentlich dagegen ist, aber *ihr* zuliebe ...

Es ist wirklich etwas Wunderbares, wenn der Prosecco direkt aus dem Eiswürfelbad kommt, denkt Rosa.

Marion strahlt nur unbeeindruckt weiter, sagt ihm, was sie gerade schon gesagt hat, nochmal ins Ohr, und ihre Hand drückt seinen Oberschenkel dabei.

Marco hat Beine wie Bäume. Beine, die Rosa umschlingen sollten, ihren ganzen Körper.

Prost!, denkt Rosa und schraubt den Piccolo auf.

Sein Blick streift sie. Versehentlich.

Eine schwarz und schwefelgelbe Wand türmt sich auf an Rosas Horizont. Ein Jahrhundertsturm. Ein Hurrikan. Rosa grinst, so breit sie kann, und schnappt sich noch einen silbrigen Fisch vom Tablett.

Ding-Ding-Ding! klingt ein Silberlöffel an einem Weinglas. Marco möchte etwas sagen.

»Weil wir g'rad alle so schön beieinander sitzen …«, fängt er an.

Rosas Kopf blinkt wie eine Alarmanlage. Sie sollte jetzt wirklich gehen. Sofort. Aber wohin?

Vielleicht gibt's ja in der Küche einen Job für sie? Wenn Toni und Elfie immer noch Weinflaschen aufmachen, könnte Rosa ja helfen. Wär' doch nett, zu dritt, und vielleicht Witze erzählen dabei.

Vielleicht den vom Ditschi und vom Datschi. Wo der Ditschi und der Datschi sich an der Straße treffen. Und da kommt ein Lastwagen und fährt über den Ditschi drüber. Da sagt der Datschi zum Ditschi: Siehst Ditschi, jetzt bist du auch ein Datschi!

Rosa muss grinsen beim Gedanken an den zermantschten Ditschi.

Marco ist aufgestanden. »Wir hätten euch was zu sagen. Dauert nicht lang.« Die Gespräche plätschern leiser und versickern schließlich ganz.

Wenn Rosa jetzt in die Küche gehen würde, würde sie mitten durch ein perfektes Bild latschen. Vielleicht will ja jemand fotografieren. Wie Marion glücklich neben Marco sitzt und seine Hand streichelt.

»Also, wir zwei wollen heiraten.«

Wer?!? denkt Rosa.

»Marion und ich«, sagt Marco. »Ja. Das war's eigentlich.« Er lächelt und setzt sich wieder.

Für einen Moment ist es so ruhig wie auf einem

windstillen Meer. Irgendjemand schaut Rosa fragend an.

Dann fängt der erste an: »Ja, hey, spinn ich!«

»Ooooh, suuuuper, herzlichen Glückwunsch!«, säuselt eine Frau.

»Auweh, Alter, jetzt is' vorbei mit der Freiheit«, röhrt ein Mann.

Über die Terrasse dudelt jetzt Musik, die dafür gemacht ist, dass man sie überhört. Dann können die Leute in Ruhe reden. DJ Happy ist besser geworden seit dem letzten Fasching, stellt Rosa fest.

In meinem nächsten Leben werd auch ich DJ, denkt sie.

Dan müsste sie nicht mehr lächeln, wenn ihr der Hals durchgeschnitten wird. Sie würde einfach eine Platte spielen. *Thanks for your time now you can thank me for mine and after that's it, forget it.*‹ Und dazu würde sie ein Foto von einem geschlachteten Schaf an die Wand beamen.

»Wenn's geht, noch im Oktober«, sagt Marion zu niemand Besonderem. »Da hätten wir noch Chancen auf schönes Wetter.« Sie lächelt glücklich beim Gedanken an ihre Hochzeitsreise.

»Es ist einfach steuerlich für uns noch sehr günstig dieses Jahr«, ergänzt Marco.

Hilfe!, denkt Rosa. Zeitverzögert. Dann erst legen sich die scharfen Klauen um ihren Hals. Rosa wird von einem Monster gepackt und geschüttelt. Oder das Monster ist sie selbst? Gott sei dank hat sie einen Piccolo in der Hand und einen toten Fisch. Den Fisch kann sie anlächeln. Sonst würde sie vielleicht schreien, die Zähne fletschen und auf die Leute losgehen wie ein Löwe. Vielleicht würde sie auch jemanden umbringen.

Aber so bleiben Rosas Lippen die ganze Zeit im gleichen Winkel wie vorher. Lächelnd.

Wahrscheinlich läuft mir schon Blut aus dem Mund, denkt sie und fasst tastend an ihren Hals.

Fühlt sich nicht blutig an. Und als sie ihre Hand anschaut, ist sie weiß und trocken.

Der Piccolo in dieser trockenen weißen Hand ist mittlerweile leer. Der silbrige Fisch in ihrer anderen Hand ist immer noch tot.

Rosa kriegt keine Luft mehr. Rosa muss sofort dieses Haus verlassen, sonst erstickt sie.

Zwischen Tonis Haus, dem Fußballplatz und dem Tennisplatz fließt ein kleiner Bach. Er hat nicht einmal einen Namen. Der Gartenbauverein hat eine Bank neben dem Bach aufgestellt. An der Stelle plätschert er ganz leise. Vielleicht hat jemand extra einen Stein hineingelegt, damit es hier plätschert.

Rosa setzt sich auf die Bank. Es ist kalt, aber sie zieht die Schuhe aus. Solange es kalt an ihren Fußsohlen ist, ist der Boden noch da. Rosa ist nicht mehr in der Realität. Die Realität ist da drüben. Droben auf Tonis Terrasse. Hier auf der Bank, wo Rosa sitzt, ist die andere Seite. Hier sind die Verrückten. Die Träumer. Manchmal auch die Toten. Das hier ist die Seite der gebrochenen Herzen.

Rosa hört das Gras rascheln.

»Hey«, sagt Marco. »Ich hab dich gar nicht gesehen.«

Rosa fädelt ein paar Grashalme zwischen ihren Zehen durch. »Hier bin ich«, sagt Rosa.

»Ich hab' mir schon gedacht, du hättest dich in Luft aufgelöst.«

Warum ist er nicht einfach still?

»Willst du dich setzen?«, fragt sie dann, und ihre Stimme ist ganz leicht dabei. So leicht wie ein Geist.

»Danke«, sagt er.

Rosa lächelt.

»So eine schöne Nacht«, sagt Marco.

Rosa nickt.

»Bleibst du noch ein bisschen sitzen?«

Rosa nickt wieder.

»Stör ich dich?«

»Nein«, sagt Rosa und lächelt.

»Okay«, sagt er, und bleibt auch sitzen.

Nach einer Pause fragt er: »Warst du schon mal verlobt, Rosa?«

»Nicht wirklich«, sagt Rosa.

Er seufzt.

Es ist eine schöne Nacht heute. Viel schöner, als man sie malen könnte oder fotografieren.

»Irgendwie kommt man nicht drum herum«, sagt er. »Aber …« Er verstummt.

Aber was?, kreischt Rosas Herz.

Sei still, befiehlt ihr Kopf.

»Man fängt an, nachzudenken«, sagt er.

Rosa nickt.

Es geht sie nichts an, wen er heiratet. Sie kann es nicht ändern. Sie sollte nicht fragen. Aber dann tut sie's doch. »Worüber nachdenken?«

»Über wie's wäre, wenn's anders wäre«, sagt er.

Einfach bis zehn zählen und nichts sagen, denkt Rosa. Bis zehn zählen hilft immer.

»Also dann«, sagt er, geht einen Schritt und noch einen. Aber er *geht* nicht.

»Eigentlich ein Schmarrn, so was zu denken, nicht wahr?«, sagt er.

Rosa nickt.

Da hört sie ein Geräusch von der anderen Seite des Baches.

»Oooooh! Uh, uaaah …«

Es kommt aus der Hecke hinter den Tennisplätzen. Ungefähr von dort, wo die Pergola des Tennisvereins sein müsste.

Marco stopft die Hände in die Hosentaschen. »Hm«, macht er. »Rosa, ich will nicht, dass du …«

»Psch-sch-t!«, macht Rosa. Sie horcht.

»Ooooh. Mmmm. Ohhhh …« Da ist eindeutig jemand in der Tennispergola.

Marco hört's jetzt auch. Langsam kommt er zurück zu Rosas Bank und setzt sich neben sie. »Wer ist das?«, fragt er.

»Wahrscheinlich ein Mann und eventuell auch eine Frau dazu. Das ist aber reine Spekulation«, flüstert Rosa.

Marco grinst.

»Aaah, komm her«, stöhnt die Männerstimme hinter der Hecke. Heiser. Gierig.

»Den kenn ich …«, murmelt Marco.

Aufmerksam lehnt er sich nach vorne, näher zu den Geräuschen.

»Ah, ah, ah, aaaah …« Die Frau.

»Wir *stören!*«, wispert Rosa. »Komm, wir gehen!«

»Sch-sch-sch«, macht nun Marco fast lautlos.

»Ich geh. Mir ist das peinlich.«

»Dir?«

»Ja, mir.« Beinah hätte sie an seinem Hemd gezupft, und gesagt ›jetzt komm' endlich!‹

Da bemerkt sie seinen Blick.

Anders. Anders als sonst.

»Uhh, hmmmmm«, wimmert die Frau hinter der Hecke.

»Jaa! Oh, du bist so … ooooh«, er.

Ein Stöhnen. Oder Seufzen?

Etwas passiert mit Marcos Mund. Nichts Sichtbares. Weder nähert er sich ihr, noch sagt er etwas. Es ist … unsichtbar. Es lässt das Blut in Rosas Adern in die andere Richtung fließen.

»Uhh, hmmmmm«, wimmert die Frau.

»Jaa! Oh, Baby … tust du gut …«, er.

Marco lächelt kaum sichtbar und rückt ein kleines Stück näher an Rosa. Einen Millimeter. Nah genug, dass sie die Hitze fühlt, die von ihm aus geht.

Rosas Puls ist außer Kontrolle.

Marco steht langsam auf. Lautlos. Er macht einen Schritt auf die Hecke zu. Sein Handrücken streift an Rosas Taille entlang nach oben und biegt einen Zweig zur Seite.

Die Pergola schimmert durch die Äste. Ein verwunschener Pavillon im Mondlicht.

Rosas Haut zittert, da wo seine Hand beinahe war.

Durch die Zweige sieht Rosa Goldlocken schimmern. Eine schmale Gestalt bäumt sich auf. Zierliche, knallpink lackierte Finger wühlen durch das Engelshaar.

»O ja, ja, ja, Nnnnnnn! Ooooooh!!!«

Rosa kriegt eine Gänsehaut davon.

Marco lässt langsam den Zweig los. Er dreht sich um. Sein Blick streift Rosas Hals. Ihr Gesicht. Ihre Brüste. Seine Blicke krabbeln, wie Küsse, an Rosa entlang. Lassen keinen Zentimeter aus.

Das Zittern auf Rosas Haut verwandelt sich in einen Buschbrand.

»Haaahhh ...«

»Ooooohhh ...«

Marco nimmt Rosas Hand.

Etwas in Rosa zieht sich zusammen. Ein Teil von ihr verglüht und wirbelt jetzt haltlos durch ihren Bauch.

Marcos Finger schließen sich ein bisschen fester um ihre Hand.

»Hhaaa, Uh, Ah, ah-AAAaaah!«, keucht der Mann in der Pergola ... *»Aaaaaaaaah!«*

Marcos Hand drückt zu. In Rosa explodiert etwas. Sie sieht weiße Leuchtstreifen in den Himmel schießen.

»Ahh!«, haucht jemand. Rosa. Dann schwimmt sie auf einem Silberstreifen. Die Nacht ist weich und kühl und feucht um sie herum. Luft holen, denkt sie und merkt, wie schwer ihr Atem geht.

Rosas Atem ist plötzlich das einzige Geräusch. Die anderen Geräusche sind mit einem Schlag verstummt.

»Hallo?«, fragt eine helle Stimme zaghaft aus der Pergola.

»O Gott!«, wispert Rosa. Sie möchte im Boden versinken. In ein Loch springen und es zuschaufeln. Marco hält grinsend die Luft an.

»Das war bestimmt bloß eine Katze«, sagt der Mann in der Pergola.

Rosa fühlt, wie ihr Gesicht anfängt zu glühen.

»Ich weiß wieder, wie das war in der Karibischen Bar«, wispert Marco in ihr Ohr.

»O nein!«

»Doch.« Rosa blinkt jetzt wie eine pinkfarbene Leuchtreklame in der Nacht.

»Süß bist du«, lächelt Marco.

Der Bach plätschert leise und der Mond malt weiße Kreise auf die Wiese.

Zwei Schattengestalten huschen aus der Pergola. Weit genug entfernt von den Lichtern auf Tonis Terrasse trennen sie sich. Er geht ins Lampion-Licht, sie geht hinauf ins Dorf. Im Dunkeln.

Ein leises Klavierklimpern klingt von Tonis Terrasse zu ihnen herunter. Wie weiße Blütenblätter, die im Sommerwind zum Boden rieseln. Elvis. *Wise men say – only fools rush in – but I can't help – falling in love with you.*

»Schön langsam werden mich die anderen vermissen«, sagt Marco.

»Ach so«, sagt Rosa.

Shall I stay? Would it be a sin? If I can't help falling in love with you?

»Pass auf dich auf«, sagt er.

Rosa nickt.

»Und heirat' bloß nicht den Falschen!« Er lacht.

»Nein«, will Rosa sagen. Aber die Buchstaben bleiben in ihrem Hals stecken. Sie schaut ihm zu, wie er über die Wiese zurück zu Tonis Terrasse geht.

Like a river flows – surely to the sea, Darling so it goes – some things are meant to be, singt Elvis.

Rosa steht auf von ihrer Bank und geht auf einer gedachten schnurgeraden Linie am Tennisplatz entlang, am Fußballfeld vorbei, dann über den Bach und hinauf zur Straße.

Es sieht gut aus, was sie macht. Nüchtern. Sie blinzelt in die Straßenlaterne und geht langsam, Schritt für Schritt. Die Rollos in Happing sind unten. Kein Mensch ist auf der Straße weit und breit.

Ist es schon so spät?, denkt Rosa. Welches Jahr haben wir überhaupt? Und warum bin ich immer noch hier?

Mitten auf der Hauptstraße bleibt sie stehen. Im Garten vom Schreiner Flörl blühen die ersten Rosen. Wie dicke Frauenhintern hocken sie auf dem neuen Zaun. Der ist aus zierlichem Eisen, grau-metallic lackiert. Wenn man vorbeigeht, atmet man einen Duft ein, dick wie Sirup. Die andere Luft in Happing kommt Rosa danach richtig herb vor. Es riecht nach gedroschenem Getreide und umgepflügter Erde. Happing riecht gut.

8

Balance

Rosa geht über die kleine, unbeleuchtete Teerstraße hinaus aus Happing, hinunter zum Happinger Weiher und weiter bis zum Fluss.

Über den Fluss geht eine Brücke. Das hätte einmal Happings Anbindung zur Autobahn werden sollen. Zu der Lebensader auf der anderen Seite des Flusses. Aber der Fluss ist Gemeindegrenze, und laut Nachbargemeinde hätte die Brücke nie gebaut werden dürfen. Der Happinger Bürgermeister hat aber die Brückenpfeiler quasi über Nacht aus dem Boden wachsen lassen, bevor die anderen etwas dagegen tun konnten. Die Brücke ist illegal. Abgerissen hat man sie trotzdem nicht mehr. Jetzt verbindet ein futuristisches Stahlskelett die Happinger Straße mit einem Feldweg drüben am besseren Autobahnufer. Nachts wird sie von zwei starken Scheinwerfern beleuchtet. Benützt wird sie nur, wenn sich jemand verfahren hat.

Rosa steht am Geländer. Es ist dunkel. Nieselwolken hängen in der Nacht. Im Nordosten leuchtet das Flutlicht über dem Fußballplatz wie ein Atompilz. Trübgrau spiegelt es sich im dahinrauschenden Fluss. Dunkles Wasser. Kalt wird es sein, und tief. Vielleicht hat es Strudel.

Wenn man von der Golden Gate Bridge springt, stirbt man durch den Aufprall. Man muss gar nicht ertrinken.

Rosa stützt sich auf das Geländer. Ihre Füße heben vom

Boden ab. Ihr Oberkörper neigt sich nach vorne. Sie schwebt fast waagrecht über dem Fluss. Das Geländer ist die Kante zwischen jetzt und früher, auf der Rosa schwebt. Zwischen Tod und Leben.

»Schau, wie schön das Leben ist!«, hört Rosa ihre Mama aus weiter Ferne sagen.

Aber das stimmt nicht. Das Leben ist nicht schön. Marias Leben war auch nicht schön. Es war eine Qual. Maria hat es beendet. Nein!, denkt Rosa zornig. Das Leben ist nicht schön!

Es ergibt keinen Sinn, dass man sich quält und sich quält und sich quält und es nicht aufhört. Das ist *nicht schön!* Blumen sind schön oder Spaziergänge im Mai. Aber nicht das, was Rosa macht. Rosa hat die Schnauze voll. So! Schluss!

Rosa fühlt sich unendlich leicht. Sie fühlt sich so leicht, als hätte sie ihre acht Kilo zu viel in nur einer Sekunde abgenommen.

Warum hab ich das nicht schon viel früher gemacht?, denkt Rosa.

Das ist die Lösung, die sie nie gefunden hat. Damit ist alles gut. Als hätte es nie eine leere Tablettenschachtel gegeben und nie einen Höllthor. Rosa muss es nicht länger aushalten.

Keine Schwere mehr, keine Trägheit, keine endlosen Tage in der gelben Sperrholzschachtel, keine Arme aus Glas, kein Herz aus Beton.

Endlich.

Kopfüber wird sie sich hinunterstürzen und laut jubeln dabei! Rosa holt Schwung mit ihren Beinen.

Da hält ein Auto neben ihr.

»Signorina!«, ruft jemand.

Rosas Hände rutschen vor Schreck vom Geländer. Für einen Moment kippt sie, ihr Bauch rutscht abwärts, weiter Richtung Fluss, und ihre Beine baumeln ohne Halt in der Luft.

Für den Bruchteil eines Augenblicks sieht es aus, als würde Rosa aufs Wasser zurasen.

Aber dann klammern sich ihre Finger an etwas. Einen Stein. Oder eher ein Betonsockel.

Wenn Rosa jetzt fallen würde, würde sie schreien. Um Hilfe, um Rettung, nach irgendjemandem, der sie aus dem Wasser zieht.

»Huch!«, hört sie sich sagen.

Dann merkt sie, wie Hände ihre Beine packen. Daran zerren.

Rosas Kopf ruckelt Stück für Stück in die Höhe. Das Brückengeländer schrubbt grob über ihre Hüften und rammt in ihren Bauch.

»Sind Sie verrückt geworden!«, kreischt Rosa. »Was machen Sie da!«

»Madonna mia! Habe aber gerade no erwischt-e, Signorina!«

Die Hände stellen Rosas Beine sorgfältig auf der Brücke ab.

»Vielen Dank, das war nicht nötig«, sagt Rosa. Aber ihre Stimme zittert. Sie streicht gründlich ihre Haare zurück und zieht ihre Jacke gerade, bevor sie sich zu ihrem Retter umdreht. Günther, der Bauch, ist nicht das erste, was er von Rosa sehen muss.

»Buona sera, Signorina«, sagt eine weiche Stimme. »Per favore, dove è la Gelateria?« Ein Lächeln und blitzend weiße Zähne gehören zu der Stimme. Und glutschwarze Augen.

»Gelateria …«, wiederholt Rosa. Ein Italiener.

»Maurizio«, sagt er.

»Rosa«, sagt Rosa.

Er hat das hübscheste Gesicht, das Rosa je bei einem Mann gesehen hat. »Per favore, komm-e sie, fahre zu Gelateria«, sagt er und pustet warme Luft in seine Hände. Rosa steht einfach nur da.

»Was mache Sie hier, Signorina?«

»Ich?«

Maurizio nickt und pustet weiter in seine Hände.

»Nichts«, sagt Rosa.

»Habe ich Sie gerade gerettet, Signorina, is-e nicht nichts.«

Er hat recht, denkt Rosa. Aber was soll man darauf sagen?

»Sie wolle sterben«, sagt Maurizio.

Fünf Minuten früher, und ich müsste das hier jetzt nicht erklären!, denkt Rosa.

»Perque?«, fragt er.

»Ich wollte überhaupt nicht sterben. Ich … übe.«

»Ah«, sagt Maurizio.

»Balance«, sagt Rosa. »Und atmen. Ich übe atmen.«

»Ah.« Maurizio klemmt seine Hände unter die Achseln und fängt an, die Kälte aus seinen Beinen zu tippeln.

»Außerdem übe ich … vergessen.«

Maurizio hüpft mit beiden Beinen auf der Stelle.

Warum steigt er nicht einfach ein und fährt?, denkt Rosa. »Deswegen die Brücke«, sagt sie, »als Ort für Vergessen.«

Maurizio geht zu dem klapprigen Fiat, der mit laufendem Motor auf der Brücke steht, und hält Rosa die Beifahrertür auf. »Komme Sie, Signorina, ich fahre Sie nach Hause.«

Rosa schüttelt den Kopf. »Ich kann zu Fuß gehen, danke.«

»Per favore. E freddo.«

»Was?«

»Is-e kalt. Bitte schnell.«

»Aber es ist doch schon Mai.«

»Si, ma è la Germania«, sagt er und streckt die Hand nach Rosa aus.

Nein, nein, denkt Rosa. Nein, kommt nicht in Frage. Es kann ja sein, dass sie versucht, von Brücken zu springen. Vielleicht bringt auch ihre hoffnungslose Liebe sie irgendwann um. Aber zu wildfremden Italienern ins Auto steigt sie nicht.

»Schnell!«, bibbert er, »Oder ich rufe Krankenhaus und sage, hier is-e Frau, die springt in die Fluss.«

Rosa erstarrt.

»Alora. Rosa …«, er streckt seine Hand noch ein bisschen weiter zu ihr.

Rosa steigt ein.

Er dreht die Heizung auf voll.

»Also, wo is-e Gelateria, Rosa?«

»Was?«

»La Gelateria. Dolomiti. Ich arbeite dort. Wo is-e?«

»In Happing«, sagt Rosa. »Gleich da vorne.«

Sie dirigiert ihn auf die schmale Straße zurück nach Happing, vorbei an der Raiffeisenbank und dem Gasthof zum Auhirsch, zwischen Schule und der ehemaligen Post rechts durch zum Kirchplatz. »Gegenüber vom Edeka anhalten«, sagt Rosa.

»Zio Giuseppe! Zio Giuseppe!«, schreit Maurizio aus dem Autofenster.

Giuseppe humpelt die Stufen von der Terrasse herunter und brüllt, »Maurizio! Ciao!«.

Um seinen dicken Bauch trägt Giuseppe einen orthopädischen Gurt. Dadurch hat er etwas von einem Sumo-Ringer.

Das Dolomiti ist seit Mai geschlossen. Seit Mimi, Giuseppes Frau, ihn verlassen hat und er daraufhin einen Bandscheibenvorfall hatte.

»Kommt, ich koche euch einen Espresso«, sagt Giuseppe.

»Nein!«, wehrt Rosa ab.

Maurizio bleibt verwirrt auf der Türschwelle stehen. »Perque no!?«, fragt er.

»Weil ich Unglück bringe«, murmelt Rosa. Sie war nicht mehr hier, seit sie Giuseppes Ehe zerstört hat.

»Is-e die Mimi davon, wegen die Rosa!«, schreit Giuseppe auch schon von drinnen.

Maurizio grinst sie an, mit einem kleinen teuflischen Lächeln.

»Nicht wegen … Nein!«, sagt Rosa hastig.

Aber was soll Maurizio schon von ihr denken? Zuerst baumelt sie an der Brücke, und jetzt hat sie eine heiße Affäre mit seinem Onkel. Unschuldig!

Letztes Jahr an ihrem Geburtstag. Da war das Dolomiti zusätzlich noch eine Pizzeria. Giuseppes Frau Mimi wollte das. Ein Speiselokal, nicht bloß eine Eisdiele.

Rosa hat zwei Pizzen zum Abholen bestellt. Eine für sich und eine für einen guten Freund von Elfies Super-Herbert, den Elfie auf Rosas Geburtstag eingeladen hat. Der wollte lieber allein in Rosas Wohnung bleiben und das Champions-League-Halbfinale des FC Bayern gegen Madrid anschauen.

Auch im Dolomiti ist der Fernseher gelaufen.

»Hallo?«, hat Rosa schüchtern in die Küche hinein gesagt.

Giuseppes Frau Mimi ist mit Zornfalten in der Stirn auf sie zugekommen und hat gefragt: »Ja, bitt schön?!!«

»Ich hab zwei Pizzen bestellt.«

Mimi hat sich angewidert umgedreht und in die Küche gebrüllt: »Giuseppeeeeee!«

»Si!«, hat er heraus gebrüllt.

»Da will eine ihre Pizza abholen!«

Giuseppe hat geknurrt wie ein Kettenhund, den man mit einem Stein beworfen hat.

»Ja, heut noch!«, hat Mimi gekeift.

Und eine schwarz behaarte Pranke hat drei Pizzakartons durch die Küchenschleuse gepfeffert.

»Oh«, hat Rosa gesagt. »Ich hab aber nur zwei bestellt.« Hätte sie doch nur den Mund gehalten.

»Wie … zwei?«

»Eine mit Rucola und Tomaten und eine Salami-Peperoni …«

Mimi hat wutschnaubend ihre Zigarette ausgedrückt: »Und? Was hat *er* gemacht?«

In den Kartons waren eine Pizza mit Salami, eine mit Peperoni und eine mit Rucola und Tomaten.

»Das macht er immer. *Immer!*«, hat Mimi gefaucht.

»Das macht nichts«, hat Rosa beschwichtigt.

»Natürlich macht das was!«, hat Mimi, kochend vor Zorn, geröchelt.

Rosa wollte eigentlich nur noch nach Hause gehen. Der Spezl vom Super-Herbert würde bestimmt auch zwei Pizzen essen.

Aber Mimi ist wie eine Dampfwalze durch die Küche gerauscht.

»*Was glaubst'n du, wie das weitergehen soll?*«, hat Rosa sie schreien gehört.

»*Aah! Lass-e mir in Ruhe mit deine Schmarrn.*« Giuseppe.

Dann ist etwas Schweres in der Küche auf den Boden gefallen und in viele Scherben zerbrochen.

Rosa hat sich nicht vom Fleck bewegt. Sie hat kein Geräusch gemacht.

Und trotzdem ist Mimi eine Minute später an ihr vorbeigerauscht, mit Strickjacke, Handtasche und Hut, hat Rosa die drei Pizzakartons in die Hand gedrückt und gesagt: »Lass gut sein, schenk ich dir.«

Dann war die Mimi weg. Verschwunden. Nicht wieder gekommen.

Rosa hat zwanzig Euro auf die Glasvitrine gelegt und ist nach Hause gegangen. Super-Herberts Spezl hat ohne Probleme zweieinhalb Pizzen gegessen. Aber als das Fußballspiel im Fernsehen aus war, ist er nach Hause gegangen. Wahrscheinlich war Rosa ihm zu langweilig.

Maurizio schiebt Rosa sanft in die Eisdiele. Die große Espressomaschine an der Wand gurgelt und faucht. Ein herrlicher Kaffeeduft legt sich über die staubig gewordene Einrichtung. Rosa spürt etwas Warmes, Wohliges.

Giuseppe mustert sie mit gezwirbelten Augenbrauen. Und erst daran merkt Rosa, dass das auf ihrem Rücken Maurizios Hand ist.

»Aaah, man wird alt«, seufzt Giuseppe, lockert seinen Hüftgurt und behandelt Rosa, als wäre sie seit Jahren seine Schwiegertochter.

Aus der Stereoanlage singt Adriano Celentano *Una fiesta sui prati.*

Wie in Italien, denkt Rosa selig. Dabei mag sie Italien doch gar nicht.

Rosa trinkt ihren Espresso aus und sagt: »Gute Nacht.«

»Ich fahre dich nach Hause«, lächelt Maurizio und hält ihr die Tür

Aber Rosa schüttelt den Kopf.

»Perque no?«, flüstert er und klimpert mit seinen langen Wimpern.

»Ich gehe sehr gerne zu Fuß«, sagt Rosa. »Gute Nacht.«

»Buona notte«, sagt Maurizio.

Und als Rosa die drei Stufen zur Straße hinuntergeht, hört sie ein geflüstertes »Bella Signorina«.

»Italiener!«, sagt Rosa, und Maurizio zwinkert zu ihr herunter.

Als Rosa hinter der Raiffeisenbank in den Schwalbenweg abbiegt, dreht sie sich noch einmal um. Da sieht sie Maurizio, wie er waagrecht über dem Terrassengeländer des Dolomiti schwebt.

Vor ihrer Haustür hört Rosa vom Boden her ein kleines »Quak«.

Fragend schaut sie den Keramikfrosch an. Er sieht gut aus, findet Rosa. Zufrieden. Irgendwie besser als sonst.

9

Parkplatzforsythien

Nein!«, sagt Rosa in das fluoreszierende Blau. »Kein Flutlicht mehr im Schlafzimmer.« Sie steigt aus ihrem Bett und in ihren Speicher hinauf. Irgendwann einmal, als sie ihr Leben aufräumen und von vorne anfangen wollte, hat sie dort oben Ordnung geschaffen. Alles ist jetzt in Kartons, schön zugeklebt mit Paketband. Rosa reißt sie alle auf.

Alte Kleider sind da drin, ihre Schulhefte, vergilbte bodenlange Gardinen und ganz hinten unten die schönen roten Vorhänge, die ihre Mama irgendwann nicht mehr haben wollte. Roter, dicker Stoff. Da geht kein Flutlicht durch. Rosa hängt sie auf. Sofort. Noch in der Nacht. Mit diesen Vorhängen sieht Rosas Schlafzimmer aus wie das Schlafzimmer einer Geliebten. Sehr gut.

Als Rosa am nächsten Tag aufwacht, ist es später als sonst. Die Sonne hat sie nicht geweckt durch die geschlossenen Vorhänge. Rosa hat etwas geträumt, ganz anders als sonst. Im Traum ist sie durch einen Wolkenbruch nach Hause gelaufen. Sie hat sich vor gar nichts gefürchtet. Nicht vor Blitz, nicht vor Donner, nicht einmal vor dem Tod. Sie hatte eine glänzende Rüstung an. Eine Rüstung aus Glück.

Müde schlapft Rosa zum Fenster. Sie schaut eine Zeit lang auf die Thujenhecke ihres Nachbarn. Saftig grün. Die Gärten im Schwalbenweg leuchten in allen Farben. Das war doch gestern noch nicht so, denkt Rosa. Überall zwitschern Vögel. Hyazinthen sprießen in den blauweißen Himmel wie leuchtend bunte Fackeln. Es riecht nach Sommer.

Ist das möglich? Kann sich die Welt über Nacht verwandeln?

Rosa wandelt durch ihre Wohnung und dreht ihren Körper vor dem Spiegel. Erstaunlich.

Rosa fühlt sich, als würden ihre Füße den Boden nicht ganz erreichen. Ihre Beine hören ein paar Zentimeter über dem Boden auf. Ein seltsames Gefühl ist das. Woher kann das kommen? Hat sich die Erdanziehungskraft verändert?

Das ist nicht mein Körper!, schießt es Rosa durch den Kopf.

Natürlich! Das ist die einzige Erklärung: Rosa ist tot. Aber im Himmel sähe es anders aus. Eher blau und leer. Und nicht wie Rosas Wohnung in Happing.

Oder?

Gestern wollte sie doch von der Brücke springen!

Vielleicht ist sie gesprungen.

Es gibt noch mehr Anhaltspunkte dafür.

Rosas Mundwinkel sitzen zum Beispiel an einer völlig anderen Stelle in ihrem Gesicht als sonst. Weiter oben. Sie fühlen sich neu an. Und Rosas Augenlider kleben nicht aufeinander wie sonst, wenn sie aufwacht, und bei jedem Atemzug hat mehr Luft in ihren Lungen Platz.

Eindeutig tot, denkt Rosa.

Aber der Italiener?

Der Italiener war wahrscheinlich so etwas wie ein Engel. Ein Bote ins Jenseits.

Da klingelt das Telefon.

Werden Tote angerufen?

»Hallo??«, wispert Rosa vorsichtig in den Hörer.

»Wo bleibst'n du!!«, kreischt Elfie.

»Äh …«

»Bei uns ist die Hölle los!«

»Das tut mir leid!«

»Ja, Scheiße! Jetzt komm! Beeil dich!«

Rosa legt zögernd den Hörer auf. Tote telefonieren nicht. Tote müssen nirgendwo hin kommen. Irgendwas stimmt nicht.

Es ist Samstag, fällt Rosa da ein. Die Kirchturmuhr schlägt acht mal. Acht Uhr.

Arbeit.

Der Supermarkt macht am Samstag um sieben auf.

Arbeit! O Gott!

Rosa zerrt einen Rollkragenpullover aus dem Schrank, ihre weinroten Jeans, die sie hasst, aber alle anderen sind seit vorgestern in der Waschmaschine und setzen Stockflecken an.

Schuhe! Die stehen vor Rosas Wohnungstür. Nass und ein bisschen schlammig. Rosa rennt los.

Beim Höllthor ist die Hölle los. Vier Stapelwagen voller Joghurts, Milchflaschen und Puddings in allen Farben versperren den Eingang zum Lager. Rosa schlüpft in ihren Kittel. Das kommt ihr plötzlich so unsinnig vor …

»Bist du verliebt?«, schreit Elfie aus der Kühlung.

»Wer, ich??«, fragt Rosa. Ihr Gehirn arbeitet viel zu langsam heute. Träge wie ein Fluss aus grauem Schleim.

»Wieso verliebt?«, fragt sie, als Elfie den letzten Karton

Paprikanetze aus der Kühlung zerrt und an ihr vorbei zurück in den Laden rennt.

»Weil du noch nie zu spät warst! Beeil dich, der Hubert hat's noch gar nicht gemerkt!« Elfie häuft Gurken ins Gemüseregal.

Rosa krallt ihre Finger in den ersten Stapelwagen und zerrt ihn vor das Milchregal.

Sie arbeitet sich von oben nach unten. Milchkartons. Butterpäckchen. Sahne. Frühlingsquark. Wie ein perfekt programmierter Roboter schichtet, schiebt und sortiert Rosa alles an seinen Platz.

Plötzlich rennt Hubert von irgendwoher wie ein aufgeregtes Huhn durch seinen Laden. Er redet mit hoher Stimme in sein schnurloses Telefon. Sein Ohr glüht hellrot.

»Lustig!!«, schreit er. »Haben Sie kein *Navi*? Wissen Sie, was das ist?? Eine Frechheit!« Er lässt seinen Zeigefinger auf das Telefon hernieder donnern. Aufgelegt! Dabei schaut er blutrünstig durch seinen Laden. »Und so was nennt sich Lieferant!!«

Und die empörte Stimme von Frau Deimel kreischt an Rosas Ohr: »Gibt's heut koan' Saloooot?«

Jetzt erkennt Rosa das ganze Ausmaß der Katastrophe: Das Gemüseregal sieht aus wie von fliegenden Heuschrecken leer gefressen. Kein Salat, keine Tomaten, keine Weintrauben. Nur Gurken und ein paar Karotten. Schlaff und welk in ihrem grünen Plastikkorb.

Sogar der Turm, an dem normalerweise die Bananen baumeln, steht leer und hässlich herum.

Der einzige vom Donnerstag noch übrige Kopfsalat fängt in seiner Plastiktüte inzwischen zu gären an. Und diese Plastiktüte baumelt jetzt an Frau Deimels spitzem Zeigefinger.

Automatisch nimmt Rosa ihr den armen Salat aus der Hand und sagt sanft: »Die Lieferung kommt gleich.«

Frau Deimel zupft schon an einem Netz bunter Paprikas. »Da san ja grüüüne drin!«

Rosa nickt. Ein wässrig brauner Tropfen rinnt aus der Salattüte auf Rosas Ärmel.

»Die iiiisst er mir doch wieder nicht!«

Rosa hat schon öfter gehört, dass der Herr Pfarrer eher ein Süßer ist. Und nicht nur in Bezug auf Paprika. Weiter will Rosa aber gar nicht denken. Rosa bückt sich unter das Gemüseregal. Dort steht eine leere Schachtel. In die legt sie den faulenden Salat. Damit ihn wenigstens niemand mehr sieht.

»Tomaten habt's aa koane??«, murrt Frau Deimel.

»Leider nicht«, sagt Rosa. Sie dreht sich um und sucht im ganzen Supermarkt nach etwas, das sie tun kann.

Aber auf einmal ist so etwas wie eine Glaswand zwischen Rosa und dem Supermarkt. Die Leute, die grünen Paprikas, die Waschmittel. Der ganze Höllthor ist hinter Glas. Happing ist ein Irrenhaus. In den Einkaufswägen der Happinger Hausfrauen stapeln sich Nudeln, bunt verpackte Wurstscheiben, Cornflakes, Dosen ... Zeug! In solchen Massen, dass man damit ganz Südbayern über den Winter bringen könnte.

Seht ihr denn nicht, was ihr da macht?, denkt Rosa. Wie verrückt das alles ist?

Rosa schwebt durch die Regalreihen wie ein Schmetterling, der sich nicht entscheiden kann, wo er landen soll.

Elfie schafft währenddessen Kunden im Akkord aus dem Laden. *Piep-Piep-Piep-Piep* macht der Scanner ununterbrochen, und Elfie singt dazu: »achtunddreißig-siebenundneunzig, Frau Ertl, dank' schön, schönes Wochenende! Sechsundvierzig-zwölf, Herr Huber, schönes Wochenende, dankeeee! Guten Morgen, Susi, so ein schönes Wetter, gestern hab ich euch gesehen, beim Radl fahren! Vierundsiebzig-achtzig. Ciao, mach's gut, Grüße an den Sebastian …«

Auf Elfies Förderband rascheln und rutschen die folienverpackten Lebensmittelhaufen. Und noch drei Kunden stehen da und warten, bis sie ihren Überfluss nach Hause schleppen können.

»Gibt's heut koan' Saloooooot?«, fragt schon wieder jemand, und Rosa antwortet: »Die Lieferung kommt gleich, Frau Pallphos, nur noch eine Minute!«

Rosa fühlt sich schuldig, wenn die Leute nicht das kriegen, was sie wollen. Niedergedrückt und gelähmt fühlt sie sich, auch wenn man nichts dafür kann. Das ist das System. Die Welt ist, wie sie ist, und das hier ist ein Supermarkt.

Hinter Rosa donnert eine ganze Europalette voll Gemüsekisten heran.

»Rosa, ich mach das schon!«, keucht Hubert. Schweiß tropft von seiner Stirn. »Kümmerst du dich um die Trockenware? Ich hab den Wagen schon rausgestellt.«

»Okay«, sagt Rosa.

Trockenware. Auf den Knien robbt Rosa zwischen den Konservenregalen herum und stopft Essiggurken und Spaghetti-Arrabiata-Saucen in die Fächer.

Durch das Regal hört sie jemanden flüstern: »Also so

was ist doch die Höhe!« Empörung – moralisches Entsetzen schwappt durch das Regal und die Nudelsaucen bis zu Rosa.

»Hast' schon gehört, dass' jetzt *heiraten!*« Eine andere Stimme. Durchdringend, ein bisschen asthmatisch.

»Wer!«, keift die erste Stimme zurück.

»Ja, *wer!!*«, zischt die zweite Stimme, vor Aufregung ganz außer Atem.

»Meine Nichte, die Corinna, war auf dem Grillfest von diesem *Trainer*. Und da ham's es anscheinend bekannt gegeben!«, rasselt Frau Pallphos.

Frau Pallphos und Frau Meyer zerreißen sich das Maul. Über Marco und Marion.

Rosa hört einfach nicht zu. Wenn man ein Glas auf ein anderes stellt, macht das dieses besondere Geräusch. Klick. Glas auf Glas. Klick, klick. Das macht Rosa jetzt. Nicht zuhören. Nicht nachdenken. Gurkengläser stapeln!

Ein paar dicke Waden in Gummipantoffeln watscheln an Rosa vorbei.

»Ach, da gibt's eins im Angebot.« Frau Meyers fleischige Hand greift nach einem Haarspray.

Kein Mensch kauft Haarspray. Nur Rentnerinnen und Frauen mit 80-er Frisur und einem Ehemann, den sie »der Meine« nennen.

Und Frau Meyer. Frau Meyer trägt ihre dünnen Haare schulterbreit um ihren Kopf herum. Damit passen die Haare zum Rest von ihr.

Wenn ich so einen Arsch hätt wie die Meyerische, würd ich mich aus dem Fenster stürzen, hat Elfie einmal gesagt.

Rosa krabbelt weiter zu den dicken Bohnen. Denn Rosa wird ganz genau so enden wie Frau Meyer. So einsam. Verbittert. Und so … dick.

»Vielleicht glaubt sie, eine Ehe kann auf Sex basieren«, zischt Frau Pallphos. »Marion, hab ich zu ihr gesagt – *Marion*, überleg dir gut, auf was du dich da einlässt.«

Marion, denkt Rosa.

Plötzlich scheppert und kracht etwas auf den Steinboden. *Kling! Kling! Kling!*

Ein ganzer Schwall Haarspraydosen. Das mit 30% mehr Inhalt und ein Bonus-Haarschaum dran geklebt. Die Dosen rollen bis vor Rosas Knie.

»G'lump!«, keucht Frau Meyer und richtet ihre neunzig Kilo wieder in die Höhe. Beinah steigt sie dabei auf Rosas Hand.

»Entschuldigung«, sagt Rosa.

»Ja, macht nix!«, brummt Frau Meyer und wirft das Haarspray in ihren Einkaufskorb. Sie hat ihren Fang gemacht. Die Damen drehen sich auf ihren Gummilatschen um und werfen nicht einmal einen Blick zurück auf den Haufen, den sie hinterlassen.

»So lang man so aussieht wie sie, geht das vielleicht!«, zischt Frau Pallphos.

Gefrier-Erbsen und Backofen-Pommes knistern aus der Gefriertruhe heraus.

»Du, wenn *ich* zweimal in der Woche zur Kosmetikerin renn' und nur Designer-Klamotten anhab, dann kann ich auch gut ausschauen! Aber *ich* hab nicht die *Zeit* für so was. Der Meine will ein warmes Essen auf dem Tisch, wenn er mittags heimkommt! Der denkt doch nicht an *Sex!*« Frau

Meyer spuckt das aus, als hätte sie Nacktschnecken in ihrem Mund.

»Manche haben ihre Frauen doch zum Herzeigen«, raunt die Pallphos.

»Was hab ich davon, wenn ich ausseh wie ein *Model!*«, speit die Meyerische.

Auszusehen wie ein Model – so was tut man nicht in Happing. Frau Meyer weiß vielleicht nicht, dass Marion sogar ein Model *ist.* Model für Haare. Wahrscheinlich sind ihre Haare auf *euren* Shampoo-Flaschen abgebildet!, denkt Rosa.

Frau Meyer wühlt bereits genüsslich in den Gefriertruhen. Bringt das mühevoll etablierte Gleichgewicht der Pizzakartons und Broccoliaufläufe mit einem Handgriff durcheinander.

Frau Pallphos erstarrt zu einer Eisskulptur. Entsetzt starrt sie an den Mineralwasserkästen und Fruchtsäften vorbei zur Leergutannahme. »Das ist doch …« Sie erbleicht.

Jetzt sieht es auch die Frau Meyer »Und so was in einem Supermarkt!«

»Da graust's einen doch! Pfui Teufel!«

»Schau dir das an! Unfassbar!«

Rosa versucht, nicht dort hin zu schauen. Es wird nichts interessantes sein. Böses Getratsche, mehr nicht. Aber Rosa schwankt. Denn sie hört es.

Rosa hört den Kuss. Sie kennt das Geräusch noch von damals. Von der Busfahrt nach Budapest.

»Hey, Schatz!«, flüstert jemand, kaum hörbar.

Vielleicht sollte Rosa klugerweise jetzt das Klopapier auffüllen. Samstags kaufen die Leute Klopapier.

Ich werde nicht hingehen und schauen!, denkt sie entschlossen.

Aber sie steht schon neben einem Stapel Mineralwasserkisten. Und sieht seine Hand an ihrer Brust reiben. Sieht seine Lippen ihren Mund verschlingen.

»Schatz, hör auf!«, schnurrt Marion.

Rosa hält sich die Ohren zu. Wär ich doch von der Brücke gesprungen, ich Rindvieh!, denkt sie.

Wär doch irgendwo ein Abgrund, in den ich mich stürzen kann.

Und dann hört Rosa in ihren Ohren ein Rauschen.

So ein Geräusch hat sie einmal aus einer Felsenschlucht gehört, durch die ein Bach gestürzt ist wie ein wildes Tier. Rosa spürt den tosenden Sog wie damals an der Schlucht, er zerrt an ihrem Kittel und an ihren Haaren.

Sie fühlt ein Zittern in ihren Fußsohlen. Staunend schaut sie hinunter auf die graugesprenkelten Steinfliesen. Das gibt's doch nicht, denkt Rosa. Denn der Boden bricht ab. Rosa steht wie auf einem schmalen Grat. Rechts und links von ihr bricht der Boden jetzt hundert Meter in die Tiefe. Ein Abgrund. Er reißt alles hinunter zu sich. Waschpulverkartons. Zwölfer-Rollen Klopapier. Kilopäckchen Mehl und Zucker.

»Sind wieder alle bei der Kaffeepause!«, kreischt Frau Meyer. Ungeduldig steht sie an der Kasse und drückt auf den Klingelknopf.

Rosa hat keine Ahnung, wie lange sie neben diesem Mineralwasserstapel gestanden ist. Der Laden sieht leer aus. Marco und Marion sind wahrscheinlich schon längst gegangen. Sie haben bestimmt bei Elfie bezahlt. Oder Rosa hat sich nur wieder alles eingebildet.

»Kasse bitteeee!« Die Meyerische zwickt zornig die Lippen zwischen ihre gelben Zähne.

Sie hat die Schnauze gestrichen voll von diesem Supermarkt, von Happing, ihrer Ehe und *vor allem* von Frau Pallphos.

»Entschuldigung, ich bin schon da«, sagt Rosa. Irgendwie schafft sie es, die zwanzig Schritte zu ihrer Kasse zu gehen.

Frau Meyer schaufelt ihre Einkäufe auf das Förderband. Dabei schnauft sie der Frau Pallphos ins Ohr: »Das läuft aufs Gleiche raus wie jetzt mit der Zierl Bettina!«

Frau Meyers Gerede lässt in Rosa ein scheußliches Gefühl entstehen. Wie ein Mistkäfer, der langsam ihren Rücken hinaufkrabbelt. Aber als Rosa hinaufschaut zu ihr, ist die Meyerische still. Was sie zu reden hat, geht schließlich die Kassiererin nichts an!

Packung für Packung lässt Rosa über den Scanner schweben. Sahne – *Piep.* Fanta – *Piep.* Toffifees – *Piep, piep.* Schoko-Pudding-4er-Pack – *Piep! Piep! Piep! Piep!*

»Also, *mir* könnt der Typ ja einen Schuh aufblasen«, hört sie Frau Meyer reden.

»*Sie* sagt ja, was davor war, zählt nicht mehr«, schnaubt Frau Pallphos. »Aber *ich* hör mir nicht wieder nächtelang an, wie schlecht's ihr geht …«

»Ich könnt dir ja *einige* im Kirchenchor sagen, die das gleiche sagen wie ich!«, rasselt Frau Meyer mit einem bösen Blick auf Rosa.

»*Hihihi!*«, kichert der Mistkäfer neben Rosas Ohr. Zielsicher krabbelt er weiter, hinauf auf ihren Kopf.

Schneller, immer schneller flutschen all die überflüssigen Artikel durch Rosas Hände, zurück in Frau Meyers Einkaufswagen. *Pling!* Die Kassenschublade springt auf.

»Siebenundachtzig-sechsundsechzig.«

Frau Meyer zahlt, zählt das Wechselgeld nach und schiebt ihren Wagen hinaus aus dem Laden, mit Bitterkeit im Blick, weil sie's schwer hat im Leben und Rosa nicht.

Plötzlich ist es leer im Supermarkt. Eine Wohltat.

Und es riecht nach Milchkaffee. Elfie hat Kaffee gekocht. Elfies Kaffee macht alles wieder gut …

500 Gramm Spaghetti fallen auf den Fliesenboden. Irgendwo hinter dem Nudelregal.

»Hoppla … Schau mal, hast du die gemeint?«, fragt eine dunkle Stimme.

Scheiße, denkt Rosa und lehnt sich hinaus aus ihrem Kassenverschlag, hinüber zu Elfies Kasse, wo Elfies Tasche hängt. Rosas Hand tastet sich in die Tasche hinein. Und findet, was sie sucht. Eine ganze Hand voll Yogurette. In Rosas Fingerspitzen kitzelt es, und ihr Mund wird zu einem schnüffelnden, schmatzenden Tier.

Ich habe eine Diät angefangen, blinkt es wie eine Leuchtschrift in Rosas Gehirn auf. Egal.

Rosa wickelt die duftende Schokolade aus dem weichen rosaroten Papier. Das süße Glück flutscht zwischen ihren Lippen durch, klebt für einen Augenblick an ihrem Gaumen und fließt wie Balsam ihren Hals hinunter. Ach …, denkt Rosa. Außerdem sieht's ja keiner.

Schon folgt das nächste Stück. Und das dritte.

Jemand stellt einen schweren Karton auf Rosas Förderband. Jemand in einem blau karierten Holzfällerhemd.

Mit sonnengebräunten Händen und sehnigen Unterarmen.

Wie ein warmer Mantel legt sich die Schokolade um das Loch in Rosas Bauch. Wohlig deckt sie alles zu. Alles wird gut, irgendwann ...

»Hallo, Rosa«, sagt er leise.

»Hallo.« Der Boden unter Rosas Füßen fühlt sich unstabil an. Wie Gummi. Die Erde wackelt, nur weil er neben ihr steht. Wir lösen ein Erdbeben aus!, denkt Rosa. Das muss er doch auch fühlen!

Marco holt mehrere Nudelpackungen aus dem Karton und stapelt sie auf das Förderband. Und schwere Dosen. Wahrscheinlich Tomatensauce.

Was, wenn ich's ihm einfach sage?, denkt Rosa.

Wenn er die Wahrheit wüsste, würde es irgendetwas ändern? Vielleicht. Vielleicht auch nicht. Wahrscheinlich nicht. Aber Rosa wird sich ihr Leben lang fragen, ob es etwas geändert hätte.

Rosa schließt die Augen. Die Worte formen sich in ihrem Mund wie goldene Perlen. Ich liebe dich, denkt sie, gleich werden diese Worte durch ihren Gaumen rollen und aus ihr herausfallen ...

Da trällert Marions helle Stimme: »Ich hab sie!« Sie lässt eine Packung Grillkohleanzünder neben die Nudeln aufs Förderband purzeln.

»Wo hast du denn die gefunden?«

Sie lächelt nur. Und es gefällt ihm.

Der Mistkäfer auf Rosas Kopf bohrt drei Worte in ihre Schädeldecke: *Marion. Marion. Marion.*

Auch wenn ihr Mund sich kalt und taub anfühlt und

ihre Stimme klingt wie eine Leiche – Rosa tut, was sie immer tut. »Hallo, Marion«, sagt sie.

Dann greift sie nach der ersten Nudelpackung. Marion schaut für einen Sekundenbruchteil irritiert auf Rosas Mundwinkel. Dann schaut sie wieder weg und versucht, nicht zu lächeln.

An Rosas Mundwinkel klebt Schokolade. Jetzt merkt Rosa es auch. Klebrig.

Das ist der Unterschied, denkt Rosa: Marion sieht aus wie eine Frau, die für Schokolade Werbung macht. Rosa sieht aus wie eine Frau, die Schokolade isst.

Grillkohleanzünder 64 Stück – *Piep.*

»Ich zahl!«, lächelt Marion und lehnt sich unmerklich an Marcos Seite. Er küsst ihre Schläfe.

Etwas in Rosas Kopf platzt. Ein Blutgefäß vielleicht. Es rauscht. Eine Sekunde vergeht. Vielleicht auch ein Jahr. Als Nächstes sieht Rosa das kleine Stück Boden unter ihrer Kasse näher kommen.

Rosas Hand tastet nach der Lehne ihres Drehstuhls. Der Abgrund ist wieder da und starrt Rosa an. Ein gähnendes schwarzes Loch. Mühsam krallt Rosa sich an der Oberfläche fest.

Aber warum eigentlich? Was würde denn passieren, wenn sie hineinstürzen würde?

Dann würde ihr wenigstens ihr Gewicht mal etwas nützen. Vierundsiebzig Kilo. Konfektionsgröße 44. Lähmend und hässlich.

Aber wenn Rosa in einen Abgrund springen würde, würde sich das Gewicht verwandeln in Geschwindigkeit. In freien Fall. In Freiheit. Nach wenigen Sekunden würde sie nur noch siebzig Kilo wiegen und dann nur noch siebzehn, dann sieben. Sie würde immer schneller werden. Masse hebt sich auf, wenn sie schnell genug unterwegs ist. Und dann würde Rosa davon fliegen.

Was jetzt noch ein schwarzer, donnernder Abgrund ist, würde dann ein durchsichtiger Himmel werden. Alles wäre hell. Rosa wäre schwerelos. Vielleicht hätte sie dann gar keinen Körper mehr.

Sie könnte endlich jemand anderes sein. Ein Kranich vielleicht und bis nach Afrika fliegen mit den anderen Zugvögeln.

Sie wäre ein ätherisches Geschöpf, nur Schönheit, Wind und Leichtigkeit. Alles wäre gut …

»… Karte?« Marion lächelt freundlich. Erwartungsvoll.

»Entschuldigung?«

»Kann ich mit Karte zahlen?« Marion reicht Rosa ihre EC-Karte. Weiß-und-silber. Elegant.

»Ja, klar«, krächzt Rosa und stopft Marions EC-Karte ins Lesegerät. Hauptsache, sie schaut Marco nicht an. Nichts von ihm. Nicht einmal seine Hemdknöpfe. »Bitte Geheimzahl eingeben und mit Grün bestätigen.«

Marions zierliche Finger machen tipp-tipp-tipp-tipp auf den Gummitasten. Ihre Fingernägel schimmern in perfektem Elfenbein-Matt. Kein einziger Lacksplitter. Neben Marions Hand sieht Rosas Hand aus wie die Pranke eines Torwarts. Mit diesen Händen streicht Marion nachts über Marcos Haut. Diese Fingernägel krallen sich in seinen Rücken, wenn er mit ihr schläft. Rosa stellt sich oft vor, wie Marion das macht. Wahrscheinlich legt sie *danach* ihre kühle, weiße

Hand an seine Stirn, und ihre Bettlaken sind immer frisch.

Piep-Piiep-Piiiiiiep ... kreischt Rosas Kasse. Eine grün-gelbe Zahlenreihe blinkt auf dem Display.

Fatal Error. Totaler Absturz des Systems.

»Einen Moment bitte«, stammelt Rosa und wühlt in der Schublade nach dem Kassenschlüssel.

Aber in der Schublade ist kein Schlüssel. Der ist da nie, wenn man ihn braucht. Kitteltasche. Auch kein Schlüssel.

»Entschuldigung. Ich hab's gleich.« Rosa versucht, ihre Kasse hochzuheben, um an den manuellen Schubladenöffner zu kommen.

»Warte, lass dir helfen«, sagt Marco und seine Hand fasst unter Rosas Armen durch, um die Kasse an der Ecke zu packen.

Er ahnt ja nicht, was er Rosa damit antut.

»Nein!«, schreit Rosa. »Nicht!«

Marcos Hände schrecken zurück.

Marions perfekt gezupfte Augenbrauen zucken einen Millimeter höher.

Rosa fühlt, wie sie taumelt ... und endlich fällt sie hinein in das große schwarze Loch. Kopfüber.

Sie spürt den Sog in ihrem Körper. Ein Strudel. Freier Fall.

Tausend Gedanken sausen durch Rosas Kopf. Keinen einzigen kann Rosa festhalten. Sie rasen mit ihr im Sturzflug durch die Nacht.

»Pass auf!«, hört sie Marion aus weiter Ferne. Ein Hall.

»Hey!« Blitzschnell reißt Marco Rosa an der Schulter zurück.

Und Wumm! kracht die Kasse auf den Boden. Einen Zentimeter vor Rosas Füßen.

Verwundert schaut Rosa zu ihren Füßen hinunter, dort wo gerade noch das schwarze Loch war.

Das Loch ist weg. Jetzt liegt dort die Kasse. Rosa sieht die gelben Zahlen blinken. Eine lange Reihe Nullen.

»Hast du dir wehgetan?«, fragt Marco.

»Wie?«

»Hast du dir wehgetan?«

»Nein, nein. Super«, sagt Rosa. »Alles super.«

»Na, Gott sei Dank.«

Rosa bewegt ihre Hände. Es knirscht in ihren Gelenken, als würden sie zu Sand zerrieben. So kann sie die Kasse nicht hochheben.

»Hast du dir echt nicht wehgetan?«, fragt er jetzt nochmal.

Rosa schüttelt den Kopf.

Wenn er das damals so gesagt hätte, als Rosa beim Schreiner Flörl vom Gartenzaun gefallen ist, wäre ihr Leben vielleicht anders verlaufen.

Die Narbe an Rosas Knie ist schon zwanzig Jahre alt. Aber wenn sie aus Versehen damit irgendwo anstößt, bohrt sich der Schmerz immer noch bis in die Knochen.

»Was ist denn hier los?«

Hubert.

»Haben Sie einen Kassenschlüssel dabei, Herr Plettinger?«, fragt Rosa leise.

Vor der Kundschaft sind Hubert und Rosa per Sie. Selbstverständlich.

»Was haben's denn *da* gemacht?«

»Ich weiß es nicht.«

»Rutschen's mal zur Seite.«

Rosa rutscht.

Hubert bückt sich an Rosa vorbei zu der abgestürzten Kasse hinunter.

»Oh, oh, oh«, sagt er.

»Das ist so schnell gegangen, ich hab sie auch nicht mehr auffangen können«, berichtet Marco.

Hubert nickt, lässt den Schlüssel von seinem Schlüsselbund-Zip surren, tippt etwas ein und die blinkenden Nullen verschwinden vom Display. Die Kasse fährt runter. Pling! Gerät abgemeldet.

Alles ist ruhig.

Warum ist ausgerechnet heute der Boden so dreckig?, fragt sich Rosa. Die Fliesen unter ihrer Kasse haben braune Fugen. Fusseln und klebriger Dreck, Staub und Brösel liegen da.

Dort sehen die Kunden ja nicht hin. Hubert sieht dort normalerweise auch nicht hin.

Ächzend krallt er seine Hände jetzt unter die abgestürzte Kasse und hievt sie mit krummem Rücken herauf. Marcos sehnige Pranken packen mit an. Und schon steht die Kasse wieder an ihrem Platz.

»Fräulein Rosa, da wischen Sie nachher mal raus«, raunt Hubert. Er dünstet Knoblauch aus.

Er muss die abgelaufenen Knoblauch-Koteletts von letzter Woche gegessen haben, denkt Rosa und hält die Luft an.

Marion steht einfach da und lächelt. Leicht und schwebend sieht sie aus, mit frischem Wind im Haar.

Hubert lächelt zurück. Nervös. Ihm geht's wie jedem Mann, den Marion anlächelt. Und diesen Moment dehnt er aus.

Rosa merkt, wie ein kalter Schweiß von ihren Ohren abwärts rinnt.

Sie merkt, wie sie blass wird. Es muss schnell gehen jetzt. Hubert muss sehr schnell aus diesem Kassenverschlag verschwinden, Marco und Marion müssen sehr schnell aus diesem Laden verschwinden, und noch besser aus Rosas Leben. Dann würde Rosa sich vielleicht besser fühlen. Dann müsste sie nicht mehr das Gefühl haben, innerhalb der nächsten zehn Sekunden aufs Förderband zu kotzen.

»Hähä, tja, das hätten wir, nicht wahr?«, zwinkert Hubert zu Marion. Man kann ihm ja nicht einmal böse sein dafür.

»Geh'ma, Schatz«, sagt Marco und nimmt Marion den Einkaufskorb aus der Hand.

So einfach ist das. So einfach kann man durch ein Leben spazieren. Ein Leben mit Grillkohleanzündern, Nudelsalaten und Hüttenwochenenden mit Freunden. Man muss nur sagen »Geh'ma, Schatz«.

»Entschuldigung«, keucht Rosa, zwängt sich an Hubert vorbei aus dem Kassenverschlag und rennt hinaus auf den Parkplatz. Und dann kotzt sie unter die Parkplatzforsythien.

Bis Marco und Marion alles ins Auto gepackt haben, ist das Schlimmste schon vorbei.

»Ich liebe dich«, hört Rosa jemanden wispern, ganz weit weg.

Wer hat das gesagt!?

Rosa schaut sich um. Da ist niemand. Hab ich das gesagt?, denkt Rosa.

Sie weiß es nicht. Gefährlich wird's dann, wenn man

nicht mehr weiß, was man gesagt hat. Ob man überhaupt etwas gesagt hat, oder nur gedacht. Vielleicht sogar nur gehört.

Marions perlmutt-schimmernde Hand macht die Seitentür von Marcos Jeep auf, und es sieht perfekt aus.

Als Marco und Marion vom Parkplatz fahren, lächelt Rosa.

Und Marion winkt ihr zu.

Was die Leute an Rosa so mögen, ist, dass sie immer so freundlich ist.

Rosa geht zurück in den Laden. Lautlos schließt sich die gläserne Schiebetür hinter ihr. Pling-Pling-Musik rieselt aus den Deckenlautsprechern. Jemand schiebt langsam einen Einkaufswagen am Marmeladenregal vorbei. Es ist wohlig warm im Edeka Höllthor. Friedlich.

Elfie schiebt einen Stapelwagen mit frischem Gemüse an Rosa vorbei. Ach. Der Lieferant war ja schon da.

»Was ist denn mit deiner Kasse passiert?«, fragt Elfie.

»Abgestürzt«, sagt Rosa.

»Und neben der Gefriertruhe sind die Fliesen kaputt«, sagt Elfie. »Als hätt's den Boden aufgerissen.«

»Oh«, sagt Rosa.

»Also, heute ist irgendwas komisch, findest du nicht?«

Rosa fühlt etwas Wässriges, Bitteres in sich hochsteigen, und schluckt es runter.

Dann lächelt sie und bückt sich nach dem Putzlappen, um die dreckigen Bodenfliesen zu wischen.

Und neben ihr auf dem Boden macht etwas *Platsch!* Wie ein nasser Klumpen klatscht ihr Herz auf den Steinboden und zieht eine kleine, traurige Schleimspur bis unters Gemüseregal. Es versteckt sich, wo's keiner sieht, hinter der Kiste mit dem fauligen Salat. Rosa hätte ihn vorhin gleich weg räumen sollen. Jetzt stinkt es nach Tod und Verwesung unter dem Gemüseregal. Rosas Herz wird ersticken da drunten.

Irgendwie wird auch dieser Tag vorbeigehen, ohne dass etwas passiert.

10

Schoko-Amarena-Liebe

Feierabend. Draußen scheint die Sonne. Es ist Samstag. Es ist Ende Mai. Die normalen Leute fahren zum Ammersee oder in die Berge an so einem Tag.

Ein Porsche bremst vor dem Edeka. Strahlend und kichernd und bepackt mit einer strassbesetzten Reisetasche hüpft Elfie auf den Beifahrersitz. Ein guter Kunde hat Super-Herbert seinen Porsche geliehen, und jetzt fährt Herbert mit Elfie ins Allgäu, in ein Wellnesshotel. Glückliche Elfie.

Rosa winkt ihr nach. Dann setzt sie ihre Füße Schritt für Schritt voreinander auf die Hauptstraße von Happing. Happing ist hoffnungslos.

Rosas Füße gehen nach links. Sie werden wohl die Hauptstraße entlanggehen, gegenüber von der Kirche rechts abbiegen, den Schwalbenweg hinauf bis zum Ende, Nummer 17. Nach Hause. Rosa wird nach Hause gehen und nicht mehr herauskommen bis Montag. Das Gute daran ist, dass sie niemanden sehen wird. Also auch Marco nicht. Und dass sie Schokolade essen kann, so viel sie will.

Als Rosa vor der Kirche die Straße überquert, läuft sie an grün-blau-weiß karierten Tischdecken vorbei. Die sind da sonst nicht. Auch das *Eiscafé Dolomiti*-Schild ist frisch geputzt.

»Buongiorno!«, schreit jemand.

Rosa bleibt stehen. Schaut, wie aus angeborener Neugier, wer gemeint sein könnte. Der Supermarkt hinterlässt seine Spuren.

»Wo gehst-e du hin, Signorina?« Maurizio glutschwarze Augen schauen sie fragend an.

»Ich? Nach Hause«, sagt Rosa.

»Und kommst-e nicht zu mir vorbei?«

Rosa schüttelt den Kopf. Das alles ist ziemlich anstrengend. Sich die Antworten zu solchen Fragen auszudenken.

»Warum?«

Rosa hebt zögernd die Schultern.

»Vieni!« Maurizio winkt sie lebhaft zu sich auf die Terrasse.

Rosa zwinkert.

»Vieni!!«

»Was? Ich?«, fragt Rosa.

»Ma, si!!«

Rosas Füße tun, was er gesagt hat und steigen die kleine Treppe zur Terrasse des Dolomiti hinauf.

»Siedeti! Siedeti!«

Rosa will ihm die Hand geben.

Doch er rückt ihr einen Stuhl vom Tisch weg. »Siedeti! Setz-e dich.«

Rosa setzt sich. Rosa mag eigentlich keine Italiener. Italiener sind unverschämt. Italiener pfeifen Frauen nach und sagen ständig Bella Signorina. Italiener betrügen reihenweise ihre Frauen. Und dann singen sie schmachtende Lieder darüber. Italiener …

»Gehst du heute auch zu Brücke?«, fragt er und rückt den Stuhl hinter Rosas Knien wieder zum Tisch hin, und plötzlich sitzt Rosa.

Schön, an diesem grün-blau-weiß-karierten Tisch.

»Ecco!«, strahlt er mit hundertzwanzig Watt.

»Äh …«

»Cappuccino? Espresso? Latte Macchiato? Ramazotti? Vino bianco?«

»Cappuccino«, krächzt Rosa.

Und ihr Kavalier verschwindet tänzelnd in der Eisdiele. Es faucht und blubbert, eine kleine Dampfwolke steigt auf. Maurizio erscheint wieder auf der Terrasse mit einer dicken, rundbauchigen, milchschäumenden Tasse. Auf dem Unterteller liegen zwei Stück Schokolade. Eins bitter, eins Vollmilch.

»Wenn du zu Brücke gehst, ich komme mit«, sagt er.

»Aber …«

»Ich übe auch Balance. Wir üben zu zweit.«

»Aber ich geh wahrscheinlich gar nicht.«

»Gut«, grinst er. »Dann du bleibst hier. Ich mache Eisbecher für dich.«

»Nein danke«, sagt Rosa.

»Schwarz wie die Nacht und Rot wie das Blut«, sagt er.

Und jetzt nickt Rosa. Vielleicht hat er nur geraten. Vielleicht hat er einfach eine gute Menschenkenntnis. Oder zufällig zu viel Schokoeis. Maurizio neigt den Kopf um einen Hauch. Die Abendsonne scheint schräg in seine Augen jetzt. Er sieht aus wie ein Dämon. Er sieht aus, als wüsste er, was für eine Mördergrube in Rosas Herz schlummert. Und es macht ihm nichts aus. Es gefällt ihm. Langsam richtet sich auf und schlendert zurück in die Eisdiele.

Rosa trinkt einen Schluck von ihrem Cappuccino.

Wow, denkt sie. Stark, schmeckt bitter, und guuut. Kleine Blitze zucken über ihre Haut, noch ehe sie das alles gedacht hat.

Maurizio schaut ihr aus dem Dämmerlicht der Eisdiele zu. Schaut zu, wie Rosa verwundert ihre Tasse betrachtet und lächelt.

Ohne den Blick von ihr zu nehmen, schaufelt er Kugel um Kugel Schokoladeneis in einen hohen runden Becher.

Rosa fühlt sich plötzlich, als hätte sie eine lange, lange Hungersnot hinter sich. Und Maurizio wäre hier, um sie zu speisen.

Aus einem großen Schraubglas fischt er Amarenakirschen. Sorgfältig wählt er sie aus. Verteilt sie auf den schwarzbraunen Eiskugeln. Blutstropfen auf dunkler Erde.

Es wäre eine Genugtuung, jetzt echtes Blut tropfen zu sehen, denkt etwas in Rosa.

Im selben Moment hält Maurizio inne und grinst Rosa an.

Sie fühlt sich ertappt. Was mach ich eigentlich hier?, fragt sie sich. Kaffee trinken, gibt Rosas Kopf die Antwort. Rosa nimmt einen weiteren großen Schluck. Wenn sie den austrinkt, wird sie nie wieder müde werden.

Ein Werwolf wirst du, grinst der schreckliche neue Teil in Rosa.

Maurizio kommt zurück auf die Terrasse. Auf der flachen Hand balanciert er den Eisbecher. »Per una Bella Signorina«, sagt er und stellt ihn vor Rosa ab. »Schau«, sagt er. »Wie die Liebe und der Tod.«

Die Liebe ist die Sahne mit dem leuchtend roten Kirschlikör drauf. Süß und berauschend. Der Tod ist kalt und schwarz wie das Schokoeis und getränkt mit dem Blut der Liebe.

»Viele sind aus Liebe gestorben«, sagt Maurizio. »Und auch viele haben aus Liebe getötet.«

Das sagt er und reicht Rosa einen langstieligen Löffel. Rosa nimmt den Löffel.

Ohne ein weiteres Wort geht Maurizio zurück in seine Eisdiele.

Die Bar und die Arbeitsflächen im Dolomiti schimmern dunkel. Eichenfurnier. Die Polster auf den Bänken sind taubenblau und grau gemustert. Vor zehn Jahren war das schick. Lautlos geht hinter der Theke eine Schublade auf. Das sind Qualitätsauszüge. Die Schubladen machen so ein weiches Geräusch, als würden sie von Zauberhand auf und zu schweben. Maurizio nimmt ein großes Messer aus der Schublade. Es hat eine schwere Klinge. Von der Decke haucht ein Halogenstrahler an einem Stahlseil ein ähnlich blaues Licht auf das Messer wie das Flutlicht in Rosas Küche.

Rosas Löffel schwebt regungslos über dem Sahneberg mit Kirschlikör.

Maurizio schält mit dem großen Messer eine Orange. Dann schneidet er etwas in Scheiben.

Rosa hört das *Klack-klack* des Messers auf dem Schneidebrett. Einmal blitzt die Klinge im Schein der Halogenstrahler auf.

Klack macht das Messer. Die Klinge blinkt noch einmal. Klack, klack.

Es wäre leicht, durch einen Arm zu schneiden, denkt Rosa.

Maurizio lächelt still.

Klack-Klack-Klack macht das Messer. Fruchtsaft tropft von der scharfen Klinge.

Sie würde nicht einmal etwas spüren, denkt Rosa. Ich würde vor dem Haus auf sie warten. Rosa lächelt, ganz in Gedanken.

Rosa hätte das Messer in der Hand. Der Griff würde wie die Hand eines Geliebten in ihrer liegen. Eine sanfte, zärtliche Hand. Es wäre früh am Morgen. Ein lieblicher Nebel würde noch in den Straßen von Happing hängen. In den Gärten würden Hyazinthen blühen. Wie scharfe kleine Dolche würden sie aus der Erde ragen. Einen Duft verströmen, dem niemand entkommen kann. Es wäre ein Tag, von dem alle sagen: Was für ein schöner Tag heute! Und endlich würde Rosa das auch sagen können. Rosa würde sich auf die Treppenstufen vor Marcos Haus setzen und warten.

Rosa ist sich sicher, dass sie nicht lange warten müsste.

Sie würde nichts sagen. Sie würde lächeln wie immer, wenn Marion aus dem Haus kommt.

Rosa würde Marion das Stück von der Haustür zur Garage begleiten. Sie würde sogar anbieten, Marions Tasche zu tragen.

»Vielen Dank«, würde Marion sagen. Und sich geschmeichelt fühlen. Denn Rosa bewundert sie.

Es wäre perfekt. Es wäre ein vollendeter Tanz. Es würde nicht wehtun. Rosa fühlt den glatten Griff in ihrer Hand. Mit der anderen Hand berührt sie sacht Marions Schulter. Marion dreht sich um. Ihr herrliches Haar schwingt über ihren Rücken.

»Was wünschst du dir am meisten?«, fragt Rosa.

»Drei Kinder und eine schöne große Hochzeit«, sagt Marion.

»Darf ich dir etwas zeigen?«, fragt Rosa.

Rosa stellt sich vor, sie hätte ein kleines Haus in einem quadratischen Garten. Und Marion folgt ihr bis nach Hause. Vor Rosas Schlafzimmerfenster bleiben sie stehen. Wenn man hineinschaut, sieht man Marco. Rosa könnte hineingehen und ihn küssen, vor Marions Augen. Denn das alles ist ja ihre Phantasie.

Marion lächelt glücklich, als sie Marco sieht. Sie hebt die Hand, um ans Fenster zu klopfen.

Und Rosa hebt die Hand, in der das Messer liegt.

Die Klinge streicht federleicht über Marions schöne Locken. Zart kratzt sie an Marions Hals.

Marion wehrt sich gar nicht. Sie genießt es wie eine Liebkosung. Ihre Haut duftet nach Jasmin und Vanille. Wie immer. Ihre Finger sind fein und zart, die Nägel perfekt lackiert, Perlmutt matt.

»Rosa, schau wie schön!«, lacht sie. Denn sie sieht Marco hinter dem Fenster, und er spielt mit einem kleinen Hund.

Da fährt das Messer quer durch Marions Hals. Schnell. Die Klinge rutscht tief hinein in Marions Kehle. Ganz fein. Ohne den geringsten Widerstand verschwindet sie in ihrem Hals.

Man sieht gar kein Blut. Marions Augen werden groß, und tief wie ein uralter See.

So ist das also, denkt Rosa. So ist das, wenn man stirbt. Es ist ein Moment höchster Schönheit.

Marion fällt neben der Hausmauer auf den Boden. Gleich neben der Kellertreppe.

Die Klinge fällt aus Rosas Hand. Jetzt erst kommt das Blut. Es ist ein ganzer Fluss. Es fließt über die Kellertreppe. Stufe um Stufe, mit einem leisen Plätschern. Und neben dem Fluss liegt Marion.

Rosa würde Farbe über all das Blut schütten müssen. Gelbe und braune Farbe, damit es aussieht, als wären ihr versehentlich die Farbeimer runtergefallen, als sie das Treppenhaus streichen wollte.

Rosa schleift Marions Körper in den Keller. Hinter den Treppenabsatz, dorthin, wo es am dunkelsten ist. Dort ist eine Vertiefung im Boden. Rosa würde die Vertiefung noch ein bisschen ausgraben. Ein Loch machen. Dann würde sie Marion hineinlegen und mit Beton zugießen. Es gibt noch genug Zement im Keller.

Niemand würde auf die Idee kommen, ausgerechnet Rosa zu fragen, wo Marion ist. Vielleicht würden sie denken, dass Marion nach Brasilien durchgebrannt ist. Mit irgendeinem Fußballer.

Frau Pallphos würde solche Gerüchte in die Welt setzen.

Rosa würde einen Teppich über die Stelle oben an der Kellertreppe legen. Später im Sommer würde sie oft auf den Stufen vor dem Haus sitzen und den Duft der Hyazinthen einatmen.

Irgendwann würde sie die Caterpillar kommen lassen. Das Haus und den Keller zuschütten. Sie würde sich zum Abschied eine schöne Geschichte ausdenken. Eine Geschichte von Marco und Marion, die dann ihre Geschichte wäre, und dann wäre es gut …

»Iss, Rosa«, sagt Maurizio und steckt eine kunstvoll gezackte Orangenscheibe auf den Sahneturm.

Rosa starrt den glitzernden Eisbecher an, der friedlich vor ihr auf dem Tisch steht. Sahne, Kirschlikör und Schokoeis. Ein Pokal. Ein König mit einem majestätischen Haupt. Dunkelrote Kirschen wie hingeküsste Liebesworte. Warme Schokosauce macht einen dicken, lüsternen Klecks auf das karierte Tischtuch.

»Iss«, wiederholt Maurizio. »Macht-e glücklich.«

»Danke«, stammelt Rosa.

Glücklich. Sind Mörder glücklich?

Und hat Maurizio gewusst, was sie denkt?

»Buon Appetito«, haucht Maurizio und gibt Rosas Löffel einen kaum merklichen Schubs. Die Löffelspitze taucht durch die weiße Sahne.

Beladen mit Liebe und Tod kommt er wieder heraus.

Rosa isst. Süß und herb, eiskalt und unendlich zart schmilzt das Eis in ihrem Mund. Ein Schleier legt sich um Rosas Gedanken. Endlich.

Maurizios Augen folgen jeder Bewegung. »Buono?«

Rosa nickt.

»Ich würde töten, nicht sterben«, sagt er, verbeugt sich kaum sichtbar und geht zurück hinter seine Bar.

Rosa isst einfach weiter. Mit jedem Löffel geht es ihr besser. Das Loch, in das sie Marion stoßen wollte, wird aufgefüllt, zugedeckt mit einer weichen, dicken Decke aus Schokoeis. Schoko-Amarena.

Bis weit nach Mitternacht putzt Rosa ihre Wohnung. Putzen hilft. Im Schlafzimmer schüttelt sie Marcos Schatten von der Bettdecke. In der Küche wirft sie die angeschnittene Gurke in den Müll und wäscht das Messer in kochendem Wasser. Sie zerrt Töpfe, Teller und Tassen aus den

Schränken, wischt die Erinnerungen raus und stellt alles in einer neuen Ordnung wieder hinein. Im Bad schrubbt sie alle Fliesen mit Scheuermilch, und über den Spiegel schüttet sie reinen Spiritus.

Dann holt sie eine Dose Acryllack aus dem Keller und streicht ihre Wohnungstüre rot.

Als Letztes poliert sie ihre Kloschüssel mit dem beigen Polyesterpullunder, den sie seit Jahren zur Arbeit anzieht.

Und dabei vergisst sie endlich ihre Mordgedanken. Sie wischt und poliert, das Polyester rutscht quietschend über die Keramikschüssel, und Rosa denkt einfach nicht mehr daran, was zu tun sie imstande wäre. Sie wird es keinem Menschen erzählen. Nicht mal Elfie.

In Happing spricht man über solche Dinge nicht. In Happing denkt man solche Dinge nicht einmal.

Irgendwann zwischen zwei und drei Uhr nachts stopft Rosa Pullunder drunten vor dem Haus in die Mülltonne.

Eine Katze läuft ihr über den Weg.

Am Sonntag verliert der TSV auswärts gegen den Tabellenvorletzten. Der Aufstieg ist jetzt fast unerreichbar. Marco donnert im Zorn seine Faust durch eine Trennwand in der Umkleidekabine der Gastgeber. Er wird für das letzte Spiel der Saison gesperrt.

Die Sonntage sind immer das Schlimmste. Gelähmt kleben sie am Ende einer Woche. Sie atmen, und sie atmen Einsamkeit in Rosas Gesicht.

Die meisten sind hellgrau.

Montag.

Aus den Lautsprechern dudelt *Tell me why I don't like mondays* als Supermarktschlager.

Im Lager herrscht Verwüstung. Rosa nimmt drei frisch gewaschene Mitarbeiterkittel aus dem Schrank und hängt sie an die Garderobe.

Hupert poltert die Kellertreppe herauf. »Guten Morgen«, sagt er und klopft seine Hosenbeine ab. Es ist immer staubig im Keller. Das kommt daher, dass seit dem Umbau nie jemand die Zeit gefunden hat, die Kellertreppe zu fliesen. »Schön, dass du da bist, Rosa«, sagt er.

Rosa wundert sich. Aber dann sieht sie, dass Hubert einen Sack voller Dreckwäsche in der Hand hat.

»Die Waschmaschine ist kaputt«, brummt er.

Rosa knöpft ihren Kittel zu und geht hinunter in den Keller.

»Ich glaube, die Waschmaschine will mit weiblichem Sachverstand behandelt werden«, sagt Hubert.

»Welches Programm hast du eingeschaltet?«

»Ich habe auf ›Start‹ gedrückt«, sagt Hubert.

»Und wie viel Wäsche war drin?«

»Das hier.« Hubert stellt den Sack neben die Waschmaschine.

»Du darfst nur die Hälfte nehmen«, sagt Rosa, füllt die Trommel, schüttet Waschmittel ins Schubfach und schaltet ein. Die Waschmaschine gluckert und surrt. Die Trommel dreht sich.

»Sie geht«, sagt Hubert.

»Ja«, sagt Rosa, dreht sich um und steigt die ersten ungefliesten Treppenstufen hinauf.

»Ich hoffe, du nimmst dir den Vorfall vom Samstag nicht so zu Herzen«, sagt er.

»Äh … nein«, sagt Rosa.

»Wir hätten die Kasse sowieso ersetzen müssen.«

»Ja. Tut mir Leid.«

»Zerbrich dir bloß nicht den Kopf.«

»Nein, tu ich nicht. Tut mir leid.« Rosa packt die druckfrischen Zeitungen in einen Einkaufswagen und schiebt sie zum Zeitungsregal. Wenn sie bis sieben fertig werden will, muss sie sich beeilen.

»Wir könnten doch nach Ladenschluss einmal einen Kaffee trinken«, sagt Hubert.

»Wer?«

»Du und ich.«

»Äh …?«

»Ich habe gedacht, im Dolomiti. Das wäre ja gleich gegenüber.«

Rosa nickt. Das stimmt. Das Dolomiti ist gleich gegenüber.

»Gut«, sagt Hubert. Unschlüssig bleibt er neben Rosa stehen.

»Es ist zehn vor sieben«, sagt Rosa.

»Ah, ja, tatsächlich«, sagt Hubert, geht vor zum Eingang und sperrt seinen Laden auf.

Seit zehn Jahren arbeitet Rosa schon beim Höllthor.

Das mit dem Kaffeetrinken wird nichts zu bedeuten haben.

Rosa eilt zur Bäckereitheke und schüttet die frischen Semmeln in die verschiedenen Körbe.

Papiertüten hellblau schreibt sie auf den Zettel, auf dem sie auch ihre Bestellungen notiert.

»Guten Morgen, Frau Deimel!«

»Vier Brezen, zwei Krusti, sechs Semmeln, drei Maurerlaibe.«

»Dank'schön, Frau Deimel, auf Wiederschaun!«

»Guten Morgen, Herr Polz!«

»Nein«, beschließt Rosa um 18:30. »Das mit dem Kaffee hat absolut nichts zu bedeuten.«

11
Sprungturm

Nach Ladenschluss wartet Hubert vorn an der Straße. »Ach, Rosa, ich hab schon gedacht … Wollen wir?« In einem höflichen Abstand geht er neben ihr her bis auf die Terrasse des Dolomiti.

Hubert setzt sich. »Herr Ober! Zwei Cappuccinos«, schreit er. Der dünne Terrassenstuhl knarzt, als Hubert sich nach einem Kellner umdreht. Die Metallrohrfüße scharren auf dem Pflaster.

Maurizio ist nicht zu sehen. Aber Rosa fühlt irgendwo das leichte Lächeln seiner glutschwarzen Augen.

Rosa setzt sich neben Hubert. Aus der Eisdiele klingt Adriano Celentano. Angenehme Stille umgibt sie. Ein warmes Gefühl rieselt über Rosas Rücken. »Mmh«, seufzt sie unwillkürlich.

Und Hubert schreit noch einmal: »Herr Ober!«

»Si, prego«, sagt Maurizio. Er steht unten auf der Straße und raucht gerade eine Zigarette fertig.

»Ah!«, sagt Hubert ein bisschen verwirrt. »Zwei Cappuccinos.«

Maurizio lächelt, nickt und verschwindet in der Eisdiele. Das angenehme Rieseln auf Rosas Rücken wird wärmer. Auf einmal merkt Rosa, dass eine Hand auf ihrem Ärmel liegt. Huberts Hand.

»… manchmal so abwesend, Rosa«, schwappt seine Stimme wie ein Echo zu Rosa. »… Sorgen gemacht.«

»Wie?«

Hubert Plettinger sieht plötzlich ganz fürsorglich aus. Er holt erneut Luft, um zu sprechen.

»Es tut mir im Herzen weh, Rosa, wenn du die Sache so schwer nimmst. Du musst dich nicht schämen, jeder hat einmal einen schlechten Tag.«

»Nein, nein«, murmelt Rosa schnell und schüttelt den Kopf.

»Du bist eine wunderbare Frau, Rosa«, sagt Hubert leise. »du bist still. Anpassungsfähig. Pflichtbewusst. Gewissenhaft. Solche Dinge sind nicht hoch genug zu schätzen, heutzutage.«

Warum erzählt er mir das?, denkt Rosa. Aber sie denkt zu langsam.

Seine zweite Hand rückt vertraulich über die grün-blau-weiß-karierte Tischdecke.

»Ich denke seit längerem darüber nach – schließlich sind wir in dem Alter, in dem man über solche Dinge nachdenkt –«

»Signore«, schnurrt Maurizio. »La Bella Signorina ...«

Wie Ufos schweben zwei Cappuccinotassen auf den Tisch, vollendet gelenkt.

»Danke«, sagt Rosa und rückt ihren Stuhl hinter die Tasse.

Höflich lächelnd zieht sich Maurizio wieder zurück. Sein Kellnertuch streift Rosas Schulter dabei. Eine kleine, unverschämte Gänsehaut kitzelt Rosas Haaransatz.

Hubert rührt den Milchschaum um.

Seit wann trägt Maurizio ein Kellnertuch mit sich herum?

»Rosa, du bist eine wertvolle Mitarbeiterin für mich«, sagt Hubert konzentriert.

Rosa nickt.

»Ich glaube, wir haben sehr viel gemeinsam. Gemeinsame Interessen sind sehr hoch zu bewerten, finde ich.«

Rosa hört auf zu nicken.

»Ich mag zum Beispiel Blumen sehr gerne. Gartenarbeit. Du doch auch, Rosa.«

»Ja«, sagt Rosa. »Aber …«

»Oder Rasenmähen. Viele Leute mögen das nicht. Aber – dir kann ich's ja sagen – ich persönlich mähe wirklich gerne Rasen.« Hubert lehnt sich lächelnd zurück. Er nimmt einen Schluck von seinem Cappuccino und atmet gelöst in den Abendhimmel. Nur der Stuhl unter ihm knarzt.

»Wenn gewisse Dinge einmal gesagt sind, redet sich's viel leichter. Nicht wahr?«, fährt er fort.

Rosa findet keine Worte.

»Und dann denke ich«, sagt Hubert, »wenn man sich beruflich gut kennt und weiß, dass man sich aufeinander verlassen kann …«

»Aber …«, sagt Rosa. »Ich bin doch gar nicht … Das ist für mich ein schwieriges Thema …«

»Ja …«, meint Hubert. Er trinkt seinen Kaffee aus. »Wer ist schon ohne Blessuren durchs Leben gegangen.«

Rosa nickt.

»Andererseits ist gegenseitiges Verständnis sehr wichtig, und Respekt füreinander.«

Rosa stampft sacht mit dem Fuß auf das Terrassenpflaster. Jetzt wäre ein guter Zeitpunkt für einen Abgrund. Rosa würde hinein springen und dieses

Gespräch wäre beendet. Aber nichts tut sich. Kein Loch, kein Abgrund.

»Aber nur weil man gerne Gartenarbeit macht, heißt das doch nicht …«, stammelt Rosa.

»Vielleicht brauchst du einfach eine solide Lebensgrundlage. Ich glaube, wir würden sehr gut zusammen wirtschaften.«

»Hubert, ich weiß gar nicht, wie ich dir sagen soll … du lässt dich besser nicht mit mir ein.«

»Wir könnten ja vorerst nur Ausflüge machen«, schlägt Hubert vor. »Am Sonntag wäre zum Beispiel eine Gartenausstellung.«

Gartenausstellung. Hubert Plettinger ahnt ja nicht einmal, was für ein desaströses Erdbeben allein Rosas Herzschlag auslösen kann. Die Fliesen in seinem Supermarkt hat sie schon zerrissen. Vielleicht wird sie irgendwann die totale Verwüstung anrichten. Von Happing bis nach Anchorage, Alaska. Doch Hubert Plettingers Blick richtet sich zuversichtlich in die Zukunft. Sein Lächeln ist wie die Ankündigung eines Sonderangebots. Ein Haus am Ortsrand von Happing. Ein rechteckiger Garten mit Thujenhecke drum rum. Vielleicht in einer Ecke ein Teich. Einen Zweitwagen für Rosa. Ein Kindergartenplatz für jedes Kind und ein respektvolles Kopfnicken der Leute am Sonntag nach der Kirche.

Das ist doch ein Angebot, das man sich schnappen müsste.

Warum sag ich nicht ja?, fragt sich Rosa.

Rosa tippt noch einmal mit dem Fuß aufs Pflaster. Immer noch kein Abgrund.

Hubert Plettinger reibt sich nachdenklich das Kinn. »Ich

verstehe, wenn du nicht gleich etwas dazu sagen kannst, Rosa«, sagt er. »Vielleicht kommt das ja alles ein bisschen plötzlich.«

Rosa schlürft einen Löffel Milchschaum in ihren Mund. Küsse wie Milchschaum, denkt sie.

Hubert Plettinger schaut ihr zu. »Vorerst«, sagt er, »sollte man beruflich auf jeden Fall die bestehenden Grenzen wahren, denke ich. Alles andere wäre unprofessionell. Nicht wahr?«

Hubert Plettinger küssen?, denkt Rosa.

Hubert wartet. Hubert hat viel riskiert. Er hat gesagt, was zu sagen war.

Er lehnt sich erneut in seinem Stuhl zurück. Wieder knirscht ein Metallrohrfuß auf der Terrasse.

Hubert wird enttäuscht sein. Bitter enttäuscht. Rosa kann keine enttäuschten Menschen ertragen. Das hält sie nicht aus.

»Entschuldigung, ich geh kurz aufs Klo«, sagt Rosa. Vorsichtig steht sie auf und tippelt in die Eisdiele hinein.

Toilette steht auf der schmalen weißen Tür in der Ecke. Es wird nicht getrennt nach Herren und Damen. Es gibt nur eine Toilette. Und davor ein Waschbecken. Rosa sperrt sich kurz ein, macht das Fenster auf und zu, nur um etwas zu tun. Dann kommt sie wieder heraus und wäscht sich die Hände.

Maurizio steht plötzlich hinter ihr.

Es fühlt sich an, als würde sein Blick lauwarmes Öl in Rosas Nacken schütten.

»Hallo«, sagt Rosa. In entscheidenden Momenten ist ihr noch nie etwas Kluges zu sagen eingefallen.

Er lächelt.

Rosa vergisst, ihre Hände abzutrocknen. Rosa bleibt einfach stehen, wo sie steht. Ein paar Wassertropfen fallen von ihren Händen auf den Boden.

Es fehlt nicht viel, und er küsst mich, denkt Rosa.

Zumindest im Film würde er sie küssen. Aber das hier ist nur die Wirklichkeit, und es ist nur Rosa. Maurizio wird Rosa nicht küssen.

»Du hast-e eine schönen Mund …«, murmelt Maurizio.

Was?

Er ist Italiener!, erinnert sich Rosa. Jeder weiß, wie Italiener sind. Es hat nichts zu bedeuten.

Seine Augen sind wie glühende Nägel. Bohren sich durch sie durch und tackern sie hinten an der Wand fest.

Rosa wünscht sich Körbchengröße A und einen dickeren Pullover.

»Entschuldigung«, sagt Rosa, diesmal zu Maurizio.

Sie drückt die Klinke runter und geht nochmal aufs Klo. Dreimal zieht sie die Spülung. Aber wer weiß, ob er noch draußen steht. Und was passieren würde, wenn. Ein angenehm kühler Luftzug weht an Rosas Wangen.

Das Fenster. Es ist von alleine wieder aufgegangen. Es ist auf Schulterhöhe in der Wand eingelassen. Es ist nicht groß, aber breit genug, dass ein Mensch durch passen könnte.

»Das ist doch lächerlich«, flüstert Rosa und greift schon hinauf zum Fensterbrett.

Bist du dir eigentlich bewusst, was du da machst!, empört sich Rosas Kopf.

Nein, denkt Rosa und wuchtet ihren Körper auf das Fensterbrett.

Das Toilettenfenster führt in den Hinterhof. Dort stehen die Mülltonnen vom Dolomiti und die Container vom Gasthof »zum Auhirsch«. Der Hof ist ein immer dunkler, immer dreckiger Winkel, eingegrenzt vom Dolomiti, der Rüchseite des *Auhirsch* und dem Friedhof. Es ist kein schöner Ort. Eigentlich das hässlichste, was Happing zu bieten hat. Aber gerade jetzt sieht er für Rosa aus wie das Tor zur leuchtenden Freiheit.

Du spinnst, schimpft Rosas Kopf. Wie willst du das Hubert erklären? Aber Rosa stemmt sich fest auf das Fensterbrett. Sie müsste nicht an den blau-grün-weiß karierten Tisch zurückkehren und hören, wie Hubert Plettinger sagt »so, alles erledigt?«. Sie müsste kein Lächeln hervorzaubern, wo ihr in Wahrheit nur Schuldgefühle den Hals zuschnüren. Huberts Eau de Toilette würde nicht mehr tonnenschwer auf ihren Kopf drücken. Sie könnte einfach nach Hause gehen und *Schlaflos in Seattle* anschauen. Das Leben wäre so einfach, nur für heute Abend.

Nur eineinhalb Stockwerke entfernt ist die Freiheit. Nur einen Sprung.

Was sind schon eineinhalb Stockwerke? Wenn man kopfüber aus einem Fenster springen will, ist das hoch.

Warum kann ich nicht normal sein? fragt sie sich. Warum kann ich nicht mit einem liebevollen Ehemann und zwei Kindern an einem ganz normalen Tisch bei einem ganz normalen Abendessen sitzen, und meine größte Sorge ist, ob mir die Erdbeertorte zum Geburtstag der Schwiegermutter morgen Nachmittag gelingt!

Zu allem entschlossen schiebt Rosa ihr linkes Bein über das Fenstersims. Warum kann ich nicht entspannt mit

Hubert auf der Terrasse sitzen und einen harmonischen schönen lauen Sommerabend genießen?

Rosa schiebt auch ihr rechtes Bein durch den Fensterrahmen. Hunderttausende Frauen wären glücklich an so einem Abend!

Rosas Beine baumeln jetzt haltlos in der Luft. Nur ihre Pobacken und ihre hektisch verkrampften Handballen geben ihr noch Halt. Es sind bestimmt zwei Meter bis zum Boden.

Wie komm ich nur auf die Idee, vor einem Mann wie Hubert davonzulaufen!

Rosa müsste jetzt springen, wenn sie nicht den Rest des Abends in diesem Fenster hängen bleiben will. Sie müsste sich kräftig von der Wand abstoßen und zum richtigen Zeitpunkt den Fensterrahmen loslassen.

McGyver hätte keine Angst. Rosa schon.

Einmal hatte Rosa schon genau die gleiche Angst. In der siebten Klasse, beim Überschwung über eine Reckstange. Rosa hat sich gefühlt, als würde sie auf einem schaukelnden Stahlträger hoch über dem Empire State Building sitzen.

Die Sportlehrerin, Frau Prinanti, hat runter gezählt: »Drei, zwei, eins, und hopp!«

Doch Rosa hat sich nur an der Stange festgekrallt, mit beiden Armen und einem Bein. Ein süßsaurer Geruch war plötzlich in der Turnhalle. Wie verschimmelte Orangen. Der Hauch des Todes. Es war überall.

»Einfach fallen lassen, Rosa!«, hat Frau Prinanti damals quer durch die Turnhalle geschrien. »Einfach fallen lassen! Dir passiert nichts!«

Rosas Hände waren aber nicht zu öffnen. Wie Schraubzwingen waren sie an die Stange gekrallt.

»Da liegen doch Matten drunter, Rosa! Jetzt stell dich bitte nicht so an! Beine hängen lassen und abfedern!«

Die Stange ist immer glitschiger geworden, vom Schweiß an Rosas Händen, und in ihren Armen war bald keine Kraft mehr. Rosa hat die ganze Zeit nur verwundert denken können: Warum kommt denn niemand und holt mich runter?

»Hilfe!«, hat sie ganz leise gesagt. Aber da war's schon zu spät. Mit einem leisen *Glipp* ist die Stange aus Rosas Händen gerutscht.

Danach war's still. Das Gesicht der Sportlehrerin hat sich über Rosa geschoben wie der Mond vor die Sonne.

»Rosa!« Um Frau Prinantis Mund war ein widerwilliger Zug. Als würde sie tiefe Abscheu empfinden für derartige Ungeschicklichkeiten.

Rosa hat zur Decke der Sporthalle geschaut. Wo die Turnerringe und die Kletterseile hängen.

Rosa hat Stimmen gehört. Viele Stimmen. »Rosa, Kartoffelsack«, haben sie gesungen. Und Marco ist ganz oben am Kletterseil gehangen wie ein Affe und hat sich totgelacht.

»Warum hast du dich nicht fallen gelassen?«

»Weil ich Höhenangst habe«, murmelt Rosa jetzt.

Jetzt, wo sie ausweglos aus dem Toilettenfenster des Dolomiti hängt, eineinhalb Stockwerke über dem Boden. Vorsichtig späht sie über hinunter auf das Kopfsteinpflaster.

Wie bin ich nur jemals drauf gekommen, von einer Brücke zu springen?, wundert sich Rosa.

Wenn sie jetzt die Wahl hätte, würde sie zurück zu Hubert auf die Terrasse gehen und mit ihm zuerst die Vorteile von Rindenmulch unter der Hecke erörtern und dann überlegen, aus welchem Holz eine Eckbank sein sollte, und dann, ob man angesichts der Krise noch eine Ölheizung einbauen sollte.

Aber es ist zu spät. Rosas Arme haben keine Kraft mehr. Sie kann sich nicht mehr halten. Rosa rutscht.

Ihre Fingerkuppen scharren über den Plastikrahmen. Flopp! Dann rattert ihr Rücken über die Kante. Und dann kommt der Abgrund. Erbarmungslos, tiefschwarz, unendlich. Rosa fällt.

Auf einmal flüstert eine Stimme zu Rosa, so hell und klar wie nicht von dieser Welt: »Hab Vertrauen und spring! Du wirst frei sein!!« Ein leises, süßes Lachen klingt um Rosa herum.

Wumm!

Rosa klatscht auf dem Boden auf. Ihre Fersen schmettern auf das Kopfsteinpflaster. »Au!«, japst sie.

Flinke Schatten huschen durch den Hinterhof, verschwinden über der Friedhofsmauer.

Hinterm Dolomiti ist die Welt der Ratten. Die großen Müllcontainer auf Rädern duften nach Himbeereis und fauligem Kartoffelsalat. Schachteln und Kartons stapeln sich an der Hauswand, und darunter breitet sich eine gelbe Pfütze Frittierfett aus.

Mühsam rappelt Rosa sich auf. Sie schleicht vor zum Straßenrand und späht um die Ecke.

Sie kann Hubert Plettinger sehen. Friedlich und entspannt sitzt er auf seinem filigranen Plastikstuhl mit den Metallrohrfüßen. Er hat einen zweiten Cappuccino bestellt.

Er wirft einen Blick auf seine Armbanduhr. Es wird schon halb acht sein. Rosa ist schon lange auf der Toilette. Aber manche Frauen bleiben zehn Minuten und noch länger auf der Toilette.

Rosa huscht zurück in den Schatten der Friedhofsmauer. Vielleicht erledigt sich ja alles irgendwie von selbst. Solche Dinge erledigen sich doch oft von selbst!, hofft Rosa. Vielleicht läuft Hubert heute noch seine Traumfrau über den Weg. Oder er wird von einem Auto überfahren. Oder die Krise weitet sich aus und über Nacht bricht das komplette Wirtschaftssystem zusammen. Dann würde sich niemand mehr dafür interessieren, ob und warum Rosa gestern Abend aus dem Toilettenfenster des Dolomiti gesprungen ist. Sie müsste sich keine Gedanken mehr darüber machen, wie Hubert Plettinger sich seine Frau vorstellt. Ruhig, gewissenhaft, pflichtbewusst, mit Geld soll sie umgehen können, im Supermarkt soll sie seine verlässliche Angestellte sein, und sonntags nachmittags soll sie mit ihm auf die Gartenausstellung fahren, um Ideen für das schöne Zuhause mitzunehmen.

Er hätte mich ja auch einfach ins Kino einladen können, denkt Rosa für einen flüchtigen Augenblick. Aber vielleicht sind Männer so. Sie wollen wissen, woran sie sind, bevor sie etwas investieren.

Männer! In Rosas Bauch kocht plötzlich etwas. Zorn. Ist es denn zu fassen! Rosas Zorn blubbert und faucht und dampft.

Egoisten!

Idioten!

Was ist nur los auf dieser Welt!

»Habe ich denn ein Schild um den Hals hängen, auf dem steht: Deppen aller Nationen, versammelt euch bei mir!?« Keuchend bleibt Rosa an der Friedhofsmauer stehen.

Da lacht jemand. Irgendjemand amüsiert sich köstlich.

»Hallo?«, sagt Rosa leise. Sie ist nicht mehr allein im Hinterhof des Dolomiti. Da steht noch jemand.

Jemand mit schwarzen Glutaugen.

Rosa fährt herum. »Du!«, sagt sie.

Ein verheißungsvolles Lächeln. »Kann ich-e helfen?«, fragt er leise.

»Nein!«, schnappt Rosa. »Nein, ich … brauch nur frische Luft.«

Er zieht langsam seine perfekt geschwungenen Augenbrauen hoch. »Du übst auch mit Fenstern«, sagt er schlicht.

»Ja. Ja, ich übe mit vielen Dingen«, sagt Rosa.

»Ich sage diese Herrn, dass du bist krank«, schlägt Maurizio vor.

»Lebensmittelvergiftung«, flüstert Rosa. »Mir war plötzlich furchtbar schlecht.«

Maurizio nickt. »Gehst du alleine nach Hause?«, fragt er.

»Ja. Das mach ich immer so!«

Es ist Rosa ganz egal, was er denkt.

»Buona notte«, sagt er weich. Es klingt wie ein Versprechen. Nicht wie ein gewöhnliches Versprechen. Nicht wie eines, das man jedem machen könnte.

Es klingt wie das Versprechen, Rosa mit seriellen Orgasmen zu überschütten, wenn sie möchte. Jederzeit. Überall.

Rosa hört auf zu atmen.

Sie merkt, dass sie ihn anstarrt.

Er macht einen kleinen Schritt zurück. Gerade genug, dass Rosa ungehindert an ihm vorbei und nach Hause gehen kann. Seine schwarzen Augen lächeln einfach weiter, dunkel wie die andere Welt.

Bild dir nichts ein, sagt ihr Kopf. Wenn er wirklich das meinen würde, was Rosa in seinen Augen sieht, dann würde er sie jetzt an sich reißen. Oder zumindest würde er sie an der Hand nehmen und etwas in der Art sagen wie »Ich warte um zehn Uhr auf dich hinter der Kirche.«

Aber er sagt nichts mehr.

»Ciao«, flüstert Rosa und huscht im Schatten der Friedhofsmauer hinauf zur Straße.

Sie duckt sich unter dem Kletterrosenbusch, der dick über die Friedhofsmauer hängt, denn Hubert schaut suchend über die Terrasse. Mit schnellen Bewegungen löffelt er den letzten Rest Milchschaum aus seiner Tasse. Wenn er damit fertig ist, wird er aufstehen und nachsehen, wo Rosa so lange bleibt.

Flucht ist Rosas einzige Chance.

Hubert Plettinger weiß eventuell nicht einmal, dass es serielle Orgasmen gibt.

12

Das letzte Flutlicht

Leise sperrt Rosa ihre Haustür auf. Sie nimmt den Autoschlüssel vom Haken. Ihre Oma hat ihr, bevor sie nach Mallorca ausgewandert ist, ihr Auto vermacht. Das Auto heißt Anton. Es ist ein vier Meter langer Ford Granada, Baujahr 1981. Die Oma hat den riesigen Kofferraum als mobiles Lager für ihre Weihnachtsmärkte benützt. Nachdem sie ihre Schneiderei geschlossen hat, hat Rosas Oma auf Weihnachts- und Frühjahrsmärkten Tibetpullover und Filzhüte verkauft. Aber dann waren ihr die Winter in Happing zu kalt.

Und jetzt steht der Anton in der Garage.

Rosa fährt fast nie.

Aber heute könnte sie zu Elfie in die Stadt fahren. Heute könnte Rosa sich in eine Bar setzen und Pina Coladas trinken.

»Hallo, Anton«, sagt Rosa zu dem braun lackierten Ungetüm. Vorsichtig steuert sie aus der Garage.

Im Rückspiegel sieht Rosa ihr eigenes Lächeln. Dünn und zaghaft ist es. Viel zu klein. Es kommt irgendwie nicht an ihren dicken, schweren Backen vorbei.

Marion lächelt anders. Wie ein Plakat.

Rosa wird nie so lächeln können wie Marion. Sie wird nie, in hundert Jahren nicht, so *sein* können.

»Manchmal wünsch ich mir wirklich, du wärst tot«, sagt

Rosa leise zu Marions Lächeln. Und dann lenkt sie ihr fahrendes Schiff auf die Hauptstraße und hinaus aus Happing.

Der alte Anton rast über das weite Land. Rosa fährt mit weit offenen Fenstern. Die Felder hinter Happing verströmen einen Duft, betörend wie das Leben selbst. Alles riecht nach Sommer. Jeder Grashalm. Der Mond hängt über dem Happinger Weiher wie eine riesige gelbe Leuchtkugel. Die Bäume am Straßenrand strecken sich satt und dunkelgrün in die Nacht. Die Welt ist wie im Rausch. Es macht Spaß, so Auto zu fahren. Rosa könnte immer so weiterfahren. Von Happing nach Portugal und noch weiter, über den Rand der Welt hinaus und ins helle, dunkle, ewige Nichts.

Dem Anton könnten Flügel wachsen. Er würde Rosa hinauf in den Himmel tragen wie Pegasus seinen Reiter. Sie würden abstürzen. Vielleicht wären sie aber auch hoch genug, um sich aufzulösen. Dann würden sie sich auch in ein Sternenbild verwandeln wie das fliegende Pferd. Rosa und Anton.

Rosa sieht die Scheinwerfer, die ihr entgegenkommen. Sie bremst. Rosa war schon immer eine vorsichtige Fahrerin. Aber diese Scheinwerfer sind viel zu weit auf ihrer Seite.

Der Anton schlittert mit beiden Reifen rechts im Bankett und steht fast schon, als der entgegenkommende Fahrer sie bemerkt. Die Stoßstangen sind einander erstaunlich nah.

»Brems!«, schreit Rosa die Scheinwerfer an.

Das Gesicht am Steuer kommt Rosa für einen Sekundenbruchteil bekannt vor.

Dann wird das Auto herumgerissen und schießt links

die sanfte Böschung hinunter. Es sieht aus wie Zeitlupe. Schön. Als würde alles ganz langsam und weich gehen. Das Auto rutscht so friedlich in den Acker, als wäre es ein Blatt, das vom Himmel schwebt. Als würde das Auto, wenn es stehen geblieben ist, nur »hoppla« sagen, einfach mit den Lichtern klimpern, seine zerknautschte Nase gerade rücken und zurück auf die Straße hopsen.

Aber es ist totenstill.

Rosa springt raus aus dem Auto. »Hallo!«, schreit sie. »Ist Ihnen was passiert?«

Nichts. Rosa hört nichts. »Halloo!!«, schreit Rosa nochmal. Sie rennt die Böschung hinunter, vor das Auto hin und reißt die Türen auf.

»Halloo! Wo sind Sie?«

»Hier. Mir ist nichts passiert«, sagt Marion. Sie geht um das Auto herum.

Rosa steht da wie erstarrt.

»Bist du okay?«

Manchmal wünsch ich mir, du wärst tot, hört sie sich selbst in ihrem Kopf surren.

»O Gott, Rosa, du bist ja ganz weiß im Gesicht!«, sagt Marion. Ihre Stimme hallt irgendwie.

»Ich hätt dich beinah umgebracht«, sagt Rosa tonlos.

»Komm, setz dich.« Eine Hand legt sich auf Rosas Stirn.

Langsam und knirschend dreht sich Rosas Kopf nach oben.

Marion sieht aus wie ein Engel. »Ich ruf einen Krankenwagen«, sagt sie zu Rosa.

»Nein«, sagt Rosa. Ihr Hals ist ganz trocken.

»Doch, du hast einen Schock!«

»Du … du warst zu weit auf meiner Seite«, sagt Rosa schwach. »Ich wollt nicht, dass dir was passiert.«

»Mir ist ja nichts passiert. Rosa, das tut mir so leid!«

»Das macht nichts«, sagt Rosa.

… wünsch mir, du wärst tot …, hört Rosa, und ihr Kopf schaukelt im Takt mit diesen Worten.

»Ich weiß gar nicht, wie das passieren konnte. Ich war wohl in Gedanken. Ich komm grad von der Aerobicstunde … Ich hab einfach nicht aufgepasst.« Marion bückt sich in ihr Auto und sucht ihre Handtasche.

Rosa sieht Marion in Hotpants. Marion in dünnen Trägerhemden, unter denen sie keinen BH braucht. Marions wie aus Marmor gemeißelter Bauch. Marion kann bestimmt zwanzig Liegestützen machen.

»Ja, ich bin's«, sagt Marion in ihr Handy. »Rosa und ich hatten einen Unfall … Nein, schon in Happing … Nein, nichts passiert … Wir hatten Glück, dass Rosa so früh gebremst hat … Nein, ich war schuld … Kommst du? Danke.« Marion lächelt, legt auf und schaut Rosa mitfühlend an. »Bist du sicher, dass du okay bist?«

»Ja«, lügt Rosa. »Ja, natürlich, mir fehlt nichts.«

»Komm, trink einen Schluck«, sagt Marion und hält ihr eine Wasserflasche hin.

Der rechte Außenspiegel an Marions Auto ist gesprungen. Damit hat sie wohl einen Straßenpfosten erwischt. Andere Leute sterben bei solchen Unfällen. Ist das nicht ungerecht?

»Das halt ich nicht aus«, sagt Rosa dumpf und merkt gar nicht, dass sie etwas gesagt hat.

»Marco holt uns ab. Er soll dich nach Hause fahren. Mach dir keine Sorgen. Okay?«

»Okay«, stammelt Rosa. Und dann sagt sie: »Ich kann auch zu Fuß gehen.«

Marcos Jeep hält neben dem Anton am Straßenrand. Ruhig parkt er den Anton ein Stück weg von der Straße in die Wiese. So dass niemand aus Versehen noch dagegen fährt.

Dann gibt er Marion einen Kuss und sperrt ihr Auto ab.

»Ich muss jetzt zum Training, aber danach hol ich die Seilwinde vom Herbert und dann zieh'n wir ihn raus.«

Marion nickt dankbar und übergibt ihr Schicksal in seine Hände.

Marco hält ihr Beifahrertür auf. Und für Rosa klappt er den Fahrersitz vor.

So erreichen sie Happing. Das Ortsschild schwebt an Rosa vorbei.

Marco und Marion setzen Rosa vor ihrer Haustür ab.

»Alles okay?«, fragt Marion noch einmal.

Rosa nickt und steigt aus.

Der Jeep fährt davon. Rosa winkt zum Abschied.

Marco und Marion sind ein wunderbares Paar. Sie sollen heiraten und glücklich werden. Sie sollen ein Haus bauen und Kinder kriegen. Rosa kann ja nochmal versuchen, von der Brücke zu springen.

Eine Katze kommt hinter den Mülltonnen heraus und reibt sich an Rosas Beinen.

»Wem gehörst du eigentlich?«, fragt Rosa die Katze.

Als Rosas Mama noch gelebt hat, hatten sie auch eine

Katze. Kurz vor Marias Tod ist sie weggelaufen und nicht wiedergekommen. Vielleicht hat sie irgendwo anders ein schöneres Leben angefangen. Gefunden hat sie niemand. Rosa hat sie sogar in den Straßengräben rund um Happing gesucht. Sie hätte nicht gewollt, dass ihre Katze überfahren und liegengelassen worden ist.

Diese Katze schnuppert an der Türschwelle, überlegt es sich anders und hüpft davon, in den Garten von jemand anders.

Rosa bückt sich und fischt ihren Hausschlüssel aus dem Maul des braungesprenkelten Frosches.

Vom Küchenfenster aus sieht sie, wie Marcos Jeep draußen am Fußballplatz hält. Er steigt aus, sagt ein paar Worte zum Trainer und fügt sich in das Trainingsspiel mit Hütchen ein, als wäre nichts gewesen.

Rosa lehnt ihre Stirn an die kühle Scheibe.

Flutlicht taucht die Wohnung in hellblaue Aquariumsbeleuchtung.

»Nein«, sagt Rosa. Die Vorhänge helfen auch nicht.

Sie geht ins Bad, macht den Rollladen zu und duscht. Danach cremt sie sich gründlich ein. Sie wird im Bad bleiben und sich um ihre Schönheit kümmern, bis das Training aus ist.

Es ist vorbei. Es bringt nichts, heute zum 3248. Mal seine Hände überall auf ihrem Körper zu fühlen. Seine Küsse …

Sie wird sich ab jetzt jeden Dienstag, Donnerstag und Freitag ins Bad einsperren und Fingernägel feilen, um das nicht zu machen.

»Ah!«, dringt ein kehliges Stöhnen vom Fußballplatz herauf, bis ins Bad. »Auf geht's, Männer!«

Und schon huscht ein Schatten über Rosas Rücken. Flattert ein Kuss an ihren Hals …

Ich habe irgendwo noch eine Flasche Champagner, denkt Rosa. Die steht seit ihrem letzten Geburtstag herum.

Jetzt ist der richtige Zeitpunkt gekommen. Heute könnte Rosa Champagner trinken, diesen Tag im Kalender ankreuzen und anfangen, Marco endgültig vergessen.

»Marco! Tuck-Tuck-Tuck!«, brüllt der Trainer.

Und wie von allein schwebt Rosa an der Küche vorbei, ins Schlafzimmer, zu ihrem Bett.

Wie schon tausend Mal zuvor legt Rosa sich in das Flutlichtviereck auf ihrer Bettdecke, begleitet von ihrem Flutlichtschatten an der Wand. Sie legt ihre eigenen Hände auf ihren Bauch und ihre Brüste. Als wären es Marcos Hände. Als wäre er es, der sie auszieht. Als würden seine Lippen ihre Lippen streifen.

»Was machst du da?«, hört Rosa jemanden fragen.

Ihre Hände erstarren. Rosa blinzelt angestrengt durch das ganze Schlafzimmer. Aber niemand ist da. Der Anrufbeantworter ist leer. Kein Radio.

»Du schläfst mit meinem Mann.« Es klingt erstaunt.

Rosa setzt sich auf.

Der Vorhang.

Marion. Das perfekte Lächeln. Die strahlend weißen Zähne. Die makellose Haut.

»Marion?«, fragt Rosa laut.

Aber es ist nur der Vorhang. Billige Kunstseide bauscht sich im Abendwind. Weil das Fenster gekippt ist.

Draußen wird ein Fußball mit Wucht hoch in die Luft gedroschen.

»Rosa …«, flüstert es hinter dem Vorhang.

Rosa glaubt nicht an Geister.

»Marco wird mich nie verlassen«, sagt Marion.

Rosa denkt an Marcos Lächeln. »Grün steht dir gut«, hat er gesagt. »Rote Lippen soll man küssen«, hat er betrunken in ihr Ohr geflüstert. Betrunkene sagen doch die Wahrheit.

»Er ist mein Mann«, sagt Marion.

»Ja, ich weiß!!«, schreit Rosa ihren Vorhang an. »Dann schlaft doch *ihr* miteinander!« Ganz heiß vor Zorn rennt Rosa zurück in die Küche.

Wo in Herrgotts Namen ist diese Flasche?

»Ah! Da!« Rosa taucht tief in ihren ausziehbaren Müllschrank, hinter den Abfalleimer und die Putzmittel. Sie packt die Champagnerflasche am Hals, zieht sie heraus, schraubt den Metallverschluss ab und stülpt ihren Mund über die Flasche.

Der erste Schluck brennt in ihrem Hals. Sprudelperlen umkreisen Rosas Kopf.

Du kannst Marco behalten, denkt Rosa entschlossen.

Der zweite Schluck ist süß und klebrig.

Von mir aus für immer! Ich wünsch euch alles Glück der Welt!

Das ist eine Lüge. Aber unter so vielen Lügen fällt sie vielleicht gar nicht auf. Und wer weiß, wenn Rosa sie oft genug denkt, wird sie vielleicht sogar wahr?

Der dritte Schluck Champagner prickelt von ihrem Hals bis in ihre Arme. Dort kitzelt er und kichert, dass es eine Freude ist.

Gut. Rosa atmet auf. Sehr gut. Marco vergessen wird ein Kinderspiel.

Jetzt muss sie nur noch das Fenster schließen. Damit sie ihn nicht mehr hört. Hören ist schlimm. Ihn hören fühlt ist viel näher als ihn sehen. Als Rosa endlich das Fenster zuschiebt, fällt ihr Blick noch einmal auf das Spielfeld.

Aus einem Knäul verschwitzter Körper löst sich seine hohe Gestalt. Sein weiches Sweatshirt schmiegt sich an seine sehnigen Schultern. Dazu trägt er rote Shorts. Keine Schienbeinschoner, die Strümpfe hat er auf die Knöchel runter geschoben. Wie soll Rosa jemals über den Anblick seiner Beine hinwegkommen?

Noch nie hat Rosa so etwas Schweres tun müssen wie jetzt dieses Fenster zu schließen.

Langsam dreht sie den mattsilbernen Griff herum. Und als er mit einem leisen *Klick* einrastet, fällt eine Träne von Rosas Wimpern auf den Boden und zerspringt in tausend Scherben.

Sie lässt sie einfach liegen.

Rosa sperrt die Tür zum Schlafzimmer zu und verlässt das Haus.

Es ist vorbei. Rosas Gefühle sind eine Flutkatastrophe. Wie ein Papierschiff schwimmt ihr Herz auf dem brausenden, braun schäumenden Wasser und treibt davon.Rosa geht geradewegs zurück zum Dolomiti.

Es nieselt.

Rosa hat gar keine Jacke mitgenommen. Als sie mitten auf der Straße auf die Kirche zugeht, hört sie einen leisen Pfiff aus dem Hinterhof.

Rosa bleibt stehen.

»Bella Signorina«, haucht seine nachtsamtene Stimme.

In dem schummrigen Hinterhof, neben den Mülltonnen, schimmern zwei Augen wie Lavasteine.

»Dove vai?«

»Zu dir.«

Er tritt aus dem Laternenschatten und kommt auf Rosa zu. Er hat einen großen blauen Müllsack in der Hand. »Perque?«

»Ich wollte dich was fragen.«

Er tritt so nah vor Rosa hin, dass sie ihn und den Duft der Zuckerwaffeln aus dem Müllsack riechen kann.

»Si?«

Sein schwarzes Haar glänzt im Straßenlaternenlicht. Jetzt, wo es angeregnet wird, klebt es in dünnen Strähnen an seinem Kopf. Das ist nicht die schönste Frisur der Welt, denkt Rosa. Aber Maurizio ist wirklich ein schöner Mann. Sogar der Happinger Nieselregen sieht schöner aus, wenn er Maurizio anregnet.

»Ich bilde mir manchmal Sachen ein«, sagt Rosa sachlich.

»Was ist das?«

»Na ja … Ich glaube an Dinge, die in Wirklichkeit gar nicht so sind.«

Maurizio stellt den Müllsack ab. »Das weiß ich.«

»Ach so.«

»Phantasie!«, sagt Maurizio.

»Das betrifft auch dich.«

»Oh«, macht Maurizio und leckt sich die Lippen, als hätte Rosa ihm eine ganze Schachtel Pralinen versprochen.

»Ich hab mich gefragt, ob du mich vorhin …« Lieber sollte Rosa vielleicht nicht weiterreden. Lieber sollte sie im Zweifelsfall nichts sagen.

»Ciao«, sagt Rosa und will kehrtmachen.

»Rosa! Dove vai?«

»Nach Hause. Tut mir leid, wenn ich dich gestört habe. Du weißt ja. Die Einbildungen.«

»Und deine Frage?«

Die Kirchturmglocke schlägt elf Mal.

Rosa bleibt stehen. »Ob du mich vorhin angeschaut hast, als würdest du mich küssen wollen.«

»Si.«

Hier fehlt Rosa ein Stückchen Zeit. Erst als die Kirchturmuhr viertel nach schlägt, erinnert sich Rosa wieder dieser Welt. Fremde Arme umschlingen sie, sie ist an einen fremden Körper gepresst. Schlanker und ein bisschen weicher als der, an den sie sich erinnert hat. Ihr Mund hat sich an Lippen fest gesaugt, die sie beim besten Willen nicht wiedererkennt. Es ist ein bisschen nass und glitschig. Rosa schmeckt auch einen Hauch von Tiefkühlpizza und die vage Ahnung einer vor Stunden gerauchten Zigarette.

»Wo wohnst du, Bella Signorina?«, flüstert Maurizios Stimme heiser in ihr Ohr.

»Gleich da vorn. Wo die Straßenlaterne steht«, lächelt Rosa.

Er fragt nicht. Er nimmt sie einfach an der Hand.

Er nimmt sich noch die Zeit, den Müll in die Tonne zu werfen, aber dann geht er mit Rosa Hand in Hand auf die Straße hinaus.

Ich nehme ihn mit nach Hause, denkt Rosa. Ich nehme einen fremden Italiener mit nach Hause.

Sie gehen nebeneinander, mitten auf der Straße. Auf dem Gehweg muss man hintereinander gehen, denn die Thujenhecken drängen aus ihren Vorgärten.

Wer uns wohl alles sieht?, denkt Rosa für einen Moment. Maurizio schlendert neben ihr her, als wäre es das Selbstverständlichste auf der Welt. Er sagt nichts, fragt nichts, flüstert nichts in Rosas Ohren, lacht nicht. Er ist einfach still.

In einem Haus klappern Teller. Aus irgend einer Stereoanlage kommt eine Geigenmelodie, auf einem Balkon unterhalten sich zwei Männer. Es klingt wie in Italien. Rosa und Maurizio schlendern über eine verträumte Piazza auf nach Hause. Weiße Plastikstühle stehen auf dem Kieselsteinpflaster vor einem Ristorante, Kerzen flackern auf den Tischen mit rotkarierten Tischdecken, ein alter Mann mit Schirmmütze verkauft Rosen. In der Luft hängen Meeresrauschen und der Duft von Jasmin.

Rosa würde ein luftiges Kleid tragen. Maurizio würde unter Orangenbäumen mit ihr tanzen. Tief in ihren Augen würde er Leidenschaft entdecken. Er würde die unsichtbare Rosa sehen. Die Feuersbrunst in ihr, das Erdbeben und die kleine scheue Katze, die versucht, niemandem in die Quere zu kommen.

Und Rosa würde erleben, was es heißt, mit einem Mann zu schlafen. Mit allem Drum und Dran, vielleicht sogar mit Orgasmus. Das wäre … unvorstellbar. Das wäre der Beweis, dass Elfie recht hat. Dass es von Männern verursachte Orgasmen gibt.

Es müsste gar kein serieller Orgasmus sein. Nicht einmal ein großer oder gewaltiger. Nur ein ganz normaler, ganz kleiner Standardorgasmus. Nur so viel, dass Rosa weiß, dass sie normal ist.

Was wird er nur von mir denken?, fragt sich Rosa.

Rosa und Maurizio biegen in die Schwalbenstaße.

Vielleicht merkt er ja gar nichts, denkt Rosa weiter. Vielleicht will er ja auch überhaupt nicht mit mir schlafen?

Rosas Keramikfrosch glotzt sie ungläubig an, als er den Mann neben Rosa sieht.

Maurizio ist höflich und wartet einen Schritt neben Rosa. Aber irgendwie passt Rosas Hausschlüssel nicht mehr ins Schloss.

»Entschuldige«, sagt Rosa. Er wird's jetzt schon bereuen, dass er mit gekommen ist, denkt sie.

Irgendwie muss der Schlüssel doch ... Falsch herum. Rosa dreht den Schlüssel richtig herum, und die Haustür schnappt leise auf.

»Meine Wohnung ist ganz oben«, sagt Rosa. Sie hat plötzlich den unbändigen Wunsch, sich zu entschuldigen. Nur weiß sie nicht, wofür. Vielleicht dafür, dass sie im zweiten Stock wohnt. Oder dafür, dass sie immer noch acht Kilo zu viel wiegt. Bestenfalls sieben. Oder für ihre langweilige Frisur. So viele Gründe fallen Rosa ein, sich zu entschuldigen. »Wenn du lieber wieder heimgehst, ist das wirklich okay für mich«, sagt sie.

»Was?« Nur Italiener können das so sagen wie er.

»Nichts. Entschuldige«, sagt Rosa. Und dann geht sie vor ihm her, die Treppe hinauf. Sie versucht, wenigstens so zu gehen, als hätte sie einen schmalen Hintern.

Rosa hat nicht mit einem Liebhaber gerechnet. Auf ihrem Bett ist noch die Mulde, in der Rosa vorhin gelegen ist. Vor einer Stunde. Oder vor einem Jahr? In einem anderen Leben?

Es bleibt gar keine Zeit. Es bleibt gar keine Zeit, verrückt zu werden vor Aufregung. Keine Zeit, das Bett neu zu beziehen. Es ist ja nicht einmal Zeit, das Wort »Liebhaber« überhaupt bis zum Grund seiner Bedeutung zu denken.

Wenn Rosa im Erdgeschoss wohnen würde, könnte sie aus dem Fenster steigen.

Maurizio lehnt sich an ihren Kühlschrank. Er wartet. Auf irgendetwas wartet er.

Aber worauf? Worauf wartet ein Mann, nachts in der Küche einer Frau …

»Ich verschwinde kurz ins Bad …«, sagt Rosa.

Er lächelt.

Ich bin fett!, erkennt Rosa an ihrem Spiegelbild. Ich bin behaart. Meine Haare sind nicht gewaschen. Es geht nicht. Rosa kann ihm nicht mehr gegenübertreten.

»Warum denn nicht?«, fragt der Mistkäfer hinter Rosas Ohr.

»Ich bin *Rosa!*«

Der Käfer kichert.

Und als Rosa auf dem Klodeckel sitzt und versucht, wenigstens die schwarzen Haare rund um ihren Bauchnabel wegzuzupfen, denkt sie, ich bleib einfach im Bad. Ich komm einfach nicht wieder raus.

Maurizio würde irgendwann nach Hause gehen. Kein Mann wartet eine Stunde oder zwei, bis eine Frau vom Klo zurückkommt.

Das wäre das einfachste. Rosa müsste nicht mit hochrotem Kopf anfangen zu stottern, keine unglaubwürdige Erklärung für ihr seltsames Verhalten finden, von keiner Brücke baumeln und aus keinem Fenster springen. Einfach im Bad bleiben.

So mach ich's, denkt Rosa, und ihre Pinzette zupft schon in aller Eile noch die dicksten Härchen aus ihrem Oberlippenflaum.

Rosa könnte Maurizio fast völlig aus dem Weg gehen. Selbst in Happing ist das möglich. Wenn Rosa zum Beispiel den Supermarkt nur noch über den Seiteneingang betritt und wieder verlässt, muss sie nicht einmal am Dolomiti vorbei. Sie muss ihn den ganzen Sommer nicht sehen. Bis er wieder nach Italien zurück fährt.

Rosa legt die Pinzette weg, streicht sich einatmend, ausatmend die Haare aus dem Gesicht und fängt langsam an zu zählen. Einatmen, ausatmen, eins. Einatmen, ausatmen, zwei. Einatmen, ausatmen, drei.

Bei zehn reißt sie mit einem Schwung die Tür auf mit den Worten: »Schwupps, da bin ich!«

Er steht direkt vor ihr. Nur eine Handbreit entfernt, im Türrahmen. Er wollte gerade klopfen.

»Springst du nicht aus diese Fenster, eh?«, fragt er.

Rosa wird knallrot im Gesicht. »Äh, nein, äh, ich hab nur, äh … da war … die Glühbirne war locker und ich hab sie festgeschraubt.« Sie stammelt tatsächlich haarsträubende Erklärungen.

»Komm, ich muss-e dir was zeigen«, sagt Maurizio und geht zum Schlafzimmer.

Rosa schleicht hinter ihm her wie ein Lamm zur

Schlachtbank. Es ist aus. Es gibt kein Versteck mehr. Er wird alles sehen.

Er wird den Schundroman unter ihrem Kopfkissen finden. Er wird den Artikel über serielle Orgasmen, den Elfie für Rosa ausgeschnitten hat, aus der Nachttischschublade nehmen und ihn lesen. Er wird an Rosas Bettwäsche riechen und merken, dass sie sie schon seit vier Wochen nicht mehr gewechselt hat. Er wird Rosas Joggingsocken auf dem Boden sehen und fürchten, sich mit Fußpilz anzustecken. Er wird …

»Siediti«, sagt er. »Setz dich.«

Rosa setzt sich auf ihr Bett.

Er setzt sich vor sie auf den Boden und streichelt ihren linken Fuß. Er sieht sie nicht an dabei, und dafür ist Rosa ihm unendlich dankbar. Fünf Minuten später fragt Rosa sich, wie sie jemals hat leben wollen, ohne ihren linken Fuß gestreichelt zu bekommen. Und dann küsst er ihr Knie.

Und wie von allein liegt er dann neben ihr, in ihrem Bett.

Seine Haut fühlt sich an wie Mikrofaser, wie das T-Shirt, das sich Rosa in einem Anflug von Luxus einmal geleistet hat.

Er betrachtet Rosa. Es ist höflich und diskret, wie er an Rosas Problemzonen vorbeischaut, wie hauchzart er ihren Hals küsst und lächelnd »Una bella signorina« flüstert. Von ihm angeschaut zu werden weckt in Rosa ein Gefühl wie Schokopudding essen.

»Rosa«, sagt er.

»Hm?«

»Ich möchte mit dir Liebe machen.«

»Äh … okay«, sagt Rosa.

»Is-e nur okay oder willst du auch?«

»Ich … ich, ich … Will ich auch.«

Vor Aufregung reißt Rosa die Arme hinter den Kopf. Ihr Ellbogen knallt an sein Ohr dabei. Er entschuldigt sich.

Rosa hat etwas Keuchendes, einander Hochhebendes, Sichwälzendes erwartet. Aber Maurizio ist ein eleganter Liebhaber. Wie ein Flugzeug schwebt er über ihr.

Rosa konzentriert sich.

Elfie sagt immer, man sieht Funken und es kitzelt im ganzen Körper.

»Mmh«, hört sie Maurizio.

Ein klangvoller Gesang, der allein schon im weichen Takt mit Rosas Bettfedern die Sinne betören würde.

Interessant, denkt Rosa. Schön.

Und dann kehrt andächtige Stille ein.

Rosa blinzelt vorsichtig. Er ist so reglos wie ein Denkmal. Sein Blick geht irgendwo zu fernen Horizonten.

Ist das jetzt die Ruhe vor dem Sturm, oder war das schon das Finale? So eine Frage wäre wohl unangebracht im Moment.

»O Madonna«, seufzt Maurizio, lächelt entrückt und rollt an Rosas Seite.

Es war das Finale.

Maurizio hat den Arm quer über seine Stirn gelegt, lacht wie erleichtert auf, und fängt auf Italienisch an zu reden. Er redet und redet. Ab und zu atmet er tief durch, manchmal lächelt er beim Sprechen. Wahrscheinlich erörtert er, was gerade geschehen ist. Wie es ihm geht, wie es war, und ob er's nochmal machen möchte.

Während er redet, betrachtet Rosa seinen Körper.

Schön, denkt sie wieder. Rosa hätte sich nicht vorstellen können, dass ein Mann so seidige Haut hat. Und so wenig Brusthaare.

Und überhaupt so feine, zarte Haare. Sie stehen ihm in dünnen Fäden vom Kopf ab.

Wahrscheinlich föhnt er sie, denkt Rosa.

Rosa hört zu, wie seine Füße sich in die Bettdecke wickeln.

Sie widersteht der Versuchung, in seine Haare zu pusten, um zu sehen, ob sie wie Daunenfedern von ihrem Kissen hoch flattern und wieder hinuntersinken.

»Mi piace, Rosa«, sagt Maurizio dann. »Molto piace.«

Vielleicht sollte ich auch etwas sagen, überlegt Rosa. Etwas informatives. Oder etwas sinnliches. Aber ihr fällt nichts ein. Vielleicht ist dazu auch nicht mehr zu sagen. Rosa ist still und streichelt seine Hand.

Sie merkt noch, dass sie lächelt. Und dass sie sich erstaunlich schön findet.

Das Nächste, was sie hört, ist das Geräusch ihrer Dusche. Es ist schon hell draußen.

Zum ersten Mal seit Jahren wacht Rosa auf, ohne dass sich ihr Kopf anfühlt, als hätte jemand mit dem Vorschlaghammer drauf gehauen. Leicht wie Schmetterlingsflügel blinzeln ihre Augenlider. Der Tag sieht wunderschön aus. Rosarote Schimmer schweben durch das Zimmer.

Neben ihrer Bettdecke kringelt sich ihr gelber Couchüberwurf. Damit hat er sich wohl zugedeckt.

Zufrieden, denkt Rosa. So fühlt sich zufrieden an.

Es ist erst sechs Uhr. Rosa tapst leise in die Küche. Die ersten Sonnenstrahlen zaubern einen goldgelben Lichteffekt auf den stilvoll geschwungenen Wasserbehälter der Kaffeemaschine.

Rosas Kaffeemaschine ist ein hochwertiges Gerät. Rosa häuft Kaffeepulver in den Filter. In dieser Kaffeemaschine liegt das Versprechen, den Duft der weiten Welt zu verströmen. Wenn der Kaffee dampft und Rosa ihr Gesicht in die Dampfwolke hält, sieht sie sich inmitten von lauter schönen Menschen in luftigen, cremeweißen Kleidern an der Reling einer Luxusjacht stehen. Sie trinkt dann lächelnd Kaffee aus einem weißen Becher, während die Sonne im Hintergrund eine Mittelmeerinsel mit glühendem Rot überschüttet …

Das Wasser in der Dusche rauscht lauter und wieder leiser. Er pfeift *Good bye, ruby tuesday* und lässt die Shampooflasche fallen. Rosa hört den Geräuschen zu wie einer unbekannten Sinfonie. Es sind Geräusche, die man hört, wenn noch jemand in der Wohnung ist. Rosa staunt, wie viele es sind. Sie kennt sonst nur die Geräusche, die sie selber macht.

Geräusche, die man selbst macht, hört man ja eigentlich nicht. Die machen nur die Stille lauter. Rosa hört auf, Kaffee in den Filter zu löffeln.

Man wird seltsam, wenn man immer alleine lebt, sagt Elfie immer. Und dass es ungesund ist.

Dann hört Rosa ein Geräusch, wie wenn ein Fuß in der Dusche ausrutscht und ein Ellbogen gegen die Duschkabine poltert, und Rosa muss lachen, als sie sich Maurizios empörtes Gesicht dazu vorstellt. Es ist so normal.

Es könnte sein, dass Elfie recht hat. Elfie hatte ziemlich

oft recht in letzter Zeit. Was wohl wäre, wenn sie auch mit der Orgasmus-Sache recht hätte ...

»Rosa?«, ruft Maurizio aus dem Bad.

»In der Küche!«

»Hast-e du eine Föhn?«

»Ja!«, ruft Rosa. »Im Schrank rechts oben!«

Eine Schranktür klappert. Schubladen werden heraus gezogen und wieder zurückgeschoben.

»Wo?«

»Oben, rechts. Ganz oben!«, schreit Rosa nochmal und wie im Reflex geht sie zu ihrer Badtür und drückt die Klinke runter.

Abgesperrt.

»Entschuldigung«, sagt Rosa.

»Is-e keine Föhn«, sagt er.

Und jetzt, wo sie vor dem Bad steht, fällt Rosa ein, dass ihr Föhn gar nicht da ist. Er ist kaputt und zur Reparatur beim Elektro Huber.

»Ich könnte einen holen ... bei Elfie«, sagt Rosa durch die Tür.

»No! No, no, no«, brummt er. »Is-e nix zu ändern.« Das Schloss dreht sich, und Maurizio geht mit gesenktem Kopf an Rosa vorbei. Seine Haare kleben ihm in dünnen nassen Strähnen am Kopf. Er streicht mit beiden Händen über seine Stirn. Als könnte er die nackte Kopfhaut verstecken, die zwischen den schwarzen Strähnen schimmert.

Wenn sie trocken sind, fällt das gar nicht so auf, denkt Rosa. Er muss viel Zeit auf seine Frisur verwenden. Jedes Haar muss sitzen. Keins darf wackeln. Ein empfindliches Gebäude. Virtuos, denkt Rosa. Er wäre wahrscheinlich ein grandioser Architekt geworden.

»Findest du mich hässlich?«, fragt er.

Rosa schüttelt den Kopf. Wie kommt er denn auf sowas?

»Ah«, sagt er. »Du kannst mich hässlich finden. Is-e kein Problem.«

»Aber ich finde dich nicht hässlich«, sagt Rosa. »Ich finde dich sehr, sehr attraktiv.«

»Aaah«, wiederholt er und schlüpft in sein Hemd.

»Findest du *mich* hässlich?«. fragt Rosa.

»Hm?« Er sucht seine Schuhe. Gleich wird er verschwinden. Gleich wird er vergessen haben, dass er Rosa jemals geküsst hat. Geschweige denn die ganze Nacht mit ihr verbracht.

Er wird nicht sagen »bis heute Abend«. Gar nichts wird er sagen. Er wird einfach verschwinden.

Er wird an eine andere Frau denken. Eine, die begehrenswerter ist. Dünner. Blonder. An Rosa wird er keinen Gedanken mehr verschwenden.

»Ob du mich hässlich findest«, sagt Rosa, lauter jetzt.

»Dich?«

»Ja«, sagt sie. »Ich bin hässlich. Schau.« Rosa nimmt die Speckrolle zwischen Bauchnabel und Hüfte in beide Hände und zeigt sie ihm.

Maurizio schlüpft in seine Schuhe, bindet sie aber nicht.

»Und das!«, sagt Rosa, rollt die Ärmel ihres T-Shirts hoch und zupft an ihrem Oberarm, so dass das Fett daran hin und her schwabbeln kann.

Dann setzt sie sich auf ihren Küchentisch und streckt ihm ihre dicken kurzen Zehen entgegen.

»Hässlich«, sagt sie, und die unumstößliche Wahrheit in diesem Wort ist irgendwie erleichternd.

»Hässlich«, sagt Rosa noch einmal, und Maurizio fängt an zu lachen.

»Ich finde, du siehst aus wie Adriano Celentano«, sagt Rosa.

Er überlegt. »No.«

»Warum nicht?«

»Adriano is-e klein.«

Rosa sitzt lächelnd auf dem Küchentisch, als die Kirchturmuhr sieben Mal schlägt. »Schade«, sagt Rosa. »Ich muss zur Arbeit.«

»Si«, sagt er. »Ich muss-e Eis machen.«

»Na dann«, sagt Rosa.

Sie verlassen gemeinsam Rosas Wohnung.

Auf dem Kirchplatz geht er auf die rechte Straßenseite zum Dolomiti, Rosa geht links zum Höllthor.

»Ciao«, sagt er. »Che vediamo doppo.«

Hubert steht vor dem Milchregal. Neben ihm steht der alte Einkaufswagen aus dem Lager. Und in dem Einkaufswagen liegen bunt durcheinander Quarkbecher, Frischkäsebecher, Joghurtbecher, Milchflaschen und Mozzarellatüten.

»Guten Morgen, Hubert«, sagt Rosa. Sie bleibt beim Regal mit den Tomatensaucen stehen.

»Würdest du einen Mozzarella kaufen, der morgen abläuft?«, fragt Hubert, ohne sie anzuschauen.

»Eher nicht«, sagt Rosa.

»Und eine Milch, die gestern abgelaufen ist?«

»Auch nicht.«

»Ich auch nicht«, sagt Hubert und pfeffert einen weiteren Joghurt in den Einkaufskorb.

»Es tut mir leid«, sagt Rosa.

»Es ist ja noch im Rahmen. Ich hab's ja noch rechtzeitig gesehen«, sagt er beherrscht.

»Dass ich gestern abgehauen bin, tut mir leid.«

»Ja«, sagt Hubert. »Das hab ich ja auch noch rechtzeitig gesehen. Nicht wahr?«

Rosa schaut beschämt ihre Schuhspitzen an.

»Hallo? Is' da wer??«, kreischt es von der Kasse.

»Die Frau Deimel«, flüstert Rosa.

»Strafe muss sein«, sagt Hubert.

Rosa nickt und eilt an ihre Kasse. »Guten Morgen, Frau Deimel, wie geht's Ihnen denn heute? Schlecht? Ja, das Wetter macht vielen zu schaffen zur Zeit. Sieben-achtundfünfzig, brauchen's eine Tüte? Gerne. Dankeschön, auf Wiederseh'n.«

13
Rosa Azzurro

Später, nach Feierabend, an einem Mittwoch im Juni, serviert Maurizio Rosa ein hohes, schmales Glas mit einer blauen Flüssigkeit. Auf dem Grund schimmert etwas dunkelrot. »Rosa Azzurro«, sagt er und grinst Rosa hinterlistig an.

Rosa taucht ihren Löffel in die leuchtend blauen Tiefen. Ganz unten klebt ein See aus Kirschlikör. Und als Rosas Löffel, beladen mit Köstlichkeit, wieder auftaucht, vermischt sich das Blau mit dem Rot, und ein prickelndes violettes Gebräu entsteht.

»Trink«, sagt Maurizio.

Rosa hat nach dem ersten Schluck schon das Gefühl, auf einer vibrierenden Wolke über ihrem Stuhl zu schweben.

»Was ist das?«, fragt sie.

»Geheim«, sagt Maurizio. Zufrieden lächelnd schlendert er zurück zu seiner Eistheke.

Rosa hört entfernt das tiefe Motorbrummen von der Straße. Aber sie achtet nicht darauf.

Marcos Jeep hält vor dem Dolomiti.

Marco springt die Stufen zur Terrasse mit einem Schritt hinauf. »Hey, Rosa!« Er zwinkert. Der Löffel in Rosas Hand bleibt in der Luft stehen.

Rosa sollte jetzt etwas fühlen. Irgendein Donnern in sich drin, ein schäumendes Inferno … wenigstens einen dumpfen Schlag. Aber sie fühlt nur Starre. Sie sieht die weiche Sahne und die dunkle, glänzende Kirsche auf ihrem Löffel.

Sie sieht sich da sitzen, vor ihrem Rosa-Azzurro-Eisbecher. Aber sie weiß nicht, wie lang.

»Ecco, Carissima«, haucht plötzlich Maurizio neben ihr, als wären sie allein. Langsam, sinnlich lässt er eine Tasse Espresso auf Rosas Tisch schweben. Daneben legt er, mit der Geste eines Liebhabers, eine winzige Rosenknospe.

Marco kauft eine Jumbopackung Eis. Gemischt, kein Pistazie.

Maurizio packt alles sorgfältig ein. Kassiert. Sagt kein Wort.

Als Marco zurück zu seinem Auto geht, bleibt er neben Rosa stehen.

»Hast du einen neuen Freund?«, fragt er.

»Ja«, sagt Rosa zu dem Sahnelöffel. Dann purzelt ein Lächeln aus ihr heraus. Rosa kommt sich plötzlich vor, als hätte jemand einen Deckel über ihr hochgehoben. Sie hebt den Kopf, lächelt und sagt nochmal: »Ja.«

Marco sagt: »Super!«

Rosas Lächeln ergießt sich über ihren ganzen Tisch. Über den nächsten auch. Über die ganze Terrasse.

Marco steigt in seinen Jeep und ist im nächsten Augenblick verschwunden.

Und Rosa isst. Oh, sie isst! Sahne und Kirschen.

Maurizio setzt sich neben sie und bleibt neben ihr sitzen, bis sie den letzten Tropfen aus dem Glas geleckt hat.

»Danke!«, seufzt Rosa.

Maurizio lehnt sich über den zierlichen Tisch, ganz nah an ihr Ohr.

»Was soll ich jetzt machen mit diese Haare?«, fragt er leise.

»Ich würd sie einfach abschneiden«, sagt Rosa genauso leise.

»Kannst du das machen?«, fragt er, lauernd.

»Was?«

»Haare abschneiden.«

»Ich?«

»Wenn du kannst – okay. Wenn nicht – Ppfff«, sagt Maurizio und lehnt sich auf dem Stuhl zurück, bis die Lehne leise knackt.

Maurizio sitzt auf Rosas Klodeckel und starrt misstrauisch auf den Kamm und die Schere in Rosas Hand.

»Also los«, sagt Rosa.

In Maurizios Blick liegt blankes Entsetzen. »No !!«

Rosa legt ihr flauschigstes Handtuch um seine Schultern. »Anders geht's nicht«, sagt sie, und denkt an die haarlosen Köpfe der Happinger Männer. Hoch gekämmt, quer frisiert, Scheitel irgendwo am Ohr. Schüttere Fäden, Reste einer früheren Pracht, die sich jetzt notdürftig über die kahlen Schädel spannen. »Haare sind wichtig«, sagt Rosa. »Aber so wichtig dann auch nicht.«

»Pfff«, macht Maurizio. Beleidigt.

»Entschuldige«, sagt Rosa.

»Du sagst oft *entschuldige*. Warum?«, fragt Maurizio und streichelt ihr Handgelenk.

Rosa lächelt. Plötzlich hat sie das Bedürfnis, ihm ein warmes Abendessen zu kochen. Ganz genauso wie die Hausfrauen, die im Höllthor Haarspray kaufen.

»Manche Männer tragen dazu einen Bart«, sagt sie und hält den Kamm unters Wasser.

Fragend schaut er sie an.

»Also, was ich meine ist ... manchmal sieht das gut aus, zu ganz kurzen Haaren. Du musst dir ja nicht gleich einen Vollbart stehen lassen.«

Er starrt düster vor sich hin.

»Und natürlich auch keinen Schnauzer. Etwas, das passt«, erklärt Rosa und hält den Kamm dicht an seine Haare.

Seine lavaschwarzen Augen lauern auf ihr. Wie ein Tiger, der sich noch nicht sicher ist, ob es seinem Opfer jetzt gleich die Kehle zerfetzt oder sich lieber den Kopf kraulen lässt.

»Natürlich geht auch ein Schnauzer«, plappert Rosa, »ich wollte nichts gegen Schnauzer sagen.«

»Was is-e Schnauzer?«, fragt Maurizio.

Rosa zeichnet mit dem Finger die Linie ihrer Oberlippe nach.

»Ma, no!!«, schreit Maurizio entsetzt. »Schnauzer terribile! No! Mach-e das nicht!«

»Ich glaube auch nicht, dass dir das steht. Nein, lieber nicht.«

Jetzt füllt gespannte Stille Rosas Bad.

Rosa nimmt die Schere in ihrer linken Hand. Langsam zieht sie die erste Haarsträhne durch die Zacken des Kamms. Schnipp, schnipp.

Maurizio zuckt, als hätte sie ihn mit spitzen Nadeln durchbohrt. Seine Kiefer malmen aufeinander.

Rosa lächelt. Sie zieht den Kamm ein zweites Mal durch seine Haare und schneidet. Es ist wie eine vor langer Zeit einstudierte Choreographie. Kamm und schneiden. Kamm und schneiden.

Schnipp, schnipp, schnipp.

»Fertig«, sagt Rosa zehn Minuten später.

Er sieht blendend aus.

Rosa tritt einen Schritt zurück.

Maurizio strafft die Schultern, steht auf und wagt einen Blick in den Spiegel.

Verwundert betrachtet er sich.

Seine Stirn ist eine markante Linie. Seine Augenbrauen eine kühn hingeworfene Herausforderung.

Langsam verzieht er den Mund zu einem Grinsen. Sein Blick ist gefährlich, wie frei herumfließender Spiritus.

»Ich glaube, es geht auch ohne Bart«, sagt Rosa. Dann geht sie in die Küche und lässt ihn allein mit seinem neuen Spiegelbild. Rosa schaltet die Kaffeemaschine ein. Sofort fängt das Wasser an zu brodeln. Es ist wirklich eine gute Maschine. Beste Qualität. Rosa löffelt Kaffeepulver in den Filter. Sieben, acht, neun Löffel. Und noch einen extra, für die Nerven.

»So eine Maschine haben Sie zwanzig Jahre lang«, hat der Verkäufer gesagt. Das war genau das, was Rosa noch hören musste, um so ein sauteures Gerät zu kaufen. Jedes Mal ist sie erfüllt von Ehrfucht, wenn der Kaffeedampf durch ihre Küche faucht. Heute holt sie sogar ihre schönen Tassen aus dem Schrank, und die bordeauxroten Tischsets, aus der Schublade »für Gäste an Feiertagen«.

Maurizio kommt aus dem Bad und küsst schmatzend ihren Nacken. Er rubbelt seine neuen Haare an ihrer Stirn. Doch als Rosa sich zu ihm umdreht, damit er sie in den Arm nehmen kann, bleibt sein Blick an der Kaffeemaschine hängen.

»Was is-e das?«, fragt er. Misstrauisch beäugt er die gläserne Kanne, als wollte Rosa ihn damit vergiften.

»Meine Kaffeemaschine.«

»Rosa! Das-e kannst du mir nicht antun.«

»Was?«

»Bin ich-e Italiener!«, presst er verzweifelt durch die Lippen.

»Ja. Das weiß ich doch.«

»Kann ich nicht *so was* trinken …« Schaudernd wendet er sich von der Kaffeemaschine ab und sucht nach seinen Schuhen.

»Aber …«, stammelt Rosa. Herrlich faucht das Wasser aus dem Behälter ihrer Kaffeemaschine, betörend duftet der Kaffee aus der Kanne.

»Café muss-e schwarz sein, Rosa. Tiefschwarz«, murmelt Maurizio und reibt seine Stirn, als müsste er bohrende Kopfschmerzen aushalten.

»Aber das ist er doch. Schwarz.«

»Is-e dunkelbraun. Is-e wie Gülle! Schau!«

Er schüttet einen Schluck aus der Kanne in eine Tasse, und tatsächlich: Dunkelbraun.

»Du musst ja auch die Tasse voll machen!«, sagt Rosa ohne jede Hoffnung.

Maurizio wird von einem tiefen Grauen geschüttelt. »Nur Deutsche trinken ganze große Tasse voll Kaffee.«

Er greift schon nach der Türklinke.

»Hm«, sagt Rosa. In ihr sind keine Wörter mehr. Nichts mehr. Sie ist einfach leer.

Sie wollte sich doch nur mit ihm an den Tisch setzen und ihm bei einer guten Tasse Kaffee in die Augen schauen. Sich mit ihm unterhalten. Seine Hand nehmen. Was man halt so macht, abends zu zweit. Träumen. Aber es sieht schlecht aus für Rosas Träume.

Maurizio greift nach seiner Jacke ist schon halb aus der Tür.

»Maurizio …«, versucht Rosa es noch einmal. Halbherzig. Sie kann ihn ja doch nicht aufhalten.

»Aspeta, kleine Rosa«, raunt Maurizio, streichelt einmal über Rosas Wange, und dann fällt die Tür hinter ihm zu.

Was, bitte, heißt »aspeta«? Müßig, sich das jetzt noch zu fragen. Etwas ist an mir, das die Männer vertreibt. denkt Rosa. Wie ein Gesetz, dass man bei mir nicht bleiben muss.

Kein Grund zu weinen. Rosa hat ihren Alltag wieder. Ruhe und Frieden. Keine Peinlichkeiten mehr. Alles ist wieder unter Kontrolle. Sie hat schon so viele tausend Nächte allein verbracht. Das ist jetzt wirklich nichts neues. Es hat nur Vorteile. Niemand sieht mehr ihre Speckrollen.

In anderen Teilen der Welt müssen die Menschen hungern. Andere Frauen würden *lachen*, wenn sie nur Rosas Probleme hätten. Und wie recht sie hätten!

Italiener!, schnieft Rosa trotzig. Was ist denn so toll daran, Italiener zu sein? Was bildet der sich eigentlich ein? Maurizio kann vielleicht auf und davon laufen – aber er *kann nicht* Rosas Kaffeemaschine beleidigen. Mit grenzenloser Verachtung für ihn und alle Italiener dieser Welt nimmt Rosa die randvolle, dampfende Kaffeekanne aus der Maschine. Sie gießt ihre Tasse voll. *Bis zum Rand* voll. Die größte Tasse, die sie hat. Sie wird auch Kaffeesahne rein schütten, richtig deutsch, und *Süßstoff.* Sie wird mit einem Kaffeelöffel umrühren. Und *dann* wird sie ihre volle, große, dunkelbraune Tasse Kaffee auf ex austrinken!

Kein Italiener der Welt wird ihr deswegen das Gefühl geben, sie wäre unappetitlich oder deutsch. Keine Sekunde wird Rosa glauben, sie könnte weder Sex haben noch Kaffee kochen noch acht Kilo abnehmen.

»Pah!«

Da klingelt es an Rosas Tür.

Zeugen Jehovas, denkt Rosa voller Mordlust. Die kommen mir gerade recht.

Mit einem grausamen, grimmigen Grinsen macht sie die Tür auf.

Vor ihr steht Maurizio. »Ecco, Madame«, grinst er und hält eine kleine Schraubkanne aus Aluminium vor ihr Gesicht.

»Was ist das?«

»Una machina«, sagt er und schiebt Rosa zurück in ihre Wohnung und an den Herd.

Rosa wünscht sich, sie hätte nur für eine Sekunde ein italienisches Temperament: »Was *erlaube* sich Maurizio!!!«

Aber seine Hände legen sich sanft auf ihrer Taille, und er flüstert ihr ins Ohr: »Cafè muss-e sein wie amore …« Er schraubt die Alukanne auf. »Stark …«, raunt er und häuft fein gemahlenes Espressopulver in das kleine Alusieb, bis es zu einem kleinen schwarzen Hügel angewachsen ist.

Rosas Hüfte klebt an seinen Händen wie an einem Magneten.

»heiß …«, flüstert Maurizio, schraubt die Kanne zu und stellt sie auf die Herdplatte. Mit einem Lächeln legt er seine Lippen an Rosas Ohr und wartet. Hitze steigt von der Herdplatte auf.

Aus dem Ventil an der Kanne zischt es leise.

Er klappt den Deckel der Kanne auf. Wartet. »Cafè kocht-e langsam.« Sein Atem kitzelt Rosas Haut. Genüsslich.

Nochmal nimmt er die Kanne weg und stellt sie wieder auf die Platte, bis ein öliger, pechschwarzer Schaum durch die kleine Säule in der Mitte Kanne herauf kocht, und langsam daran hinunter kriecht, zum Boden der Kanne. Dort bildet er eine zähflüssige Pfütze.

»Molto … langsam«, raunt Maurizio. Seine Hand streicht genauso langsam über Rosas Hals.

»Is-e wie eine ganze Nacht, eh?«, flüstert Maurizio.

Rosa nickt.

Was da in diese Kanne rinnt, riecht nicht wie Kaffee. Es ist Parfüm. Diesen Duft einzuatmen ist die Essenz aller Sinne. Adrenalin.

Rosa seufzt und lehnt sich an Maurizio.

»Pass auf!«, lächelt er. »Jetzt is-e schon genug«, und nimmt die Kanne von der Platte. Die winzigen Tassen waren im Backrohr. Sie sind heiß. Nur einen Fingerhut voll kippt er aus der Kanne in jede Tasse. Und die gleiche Menge Zucker drauf.

»Süß wie eine Kuss«, sagt er. »Jetz is-e cafè fertig.«

Er reicht Rosa eine Tasse.

Mit einem einzigen langsamen Schluck lässt er das schwarze Gebräu in seinen Mund fliessen.

Rosa nippt vorsichtig an ihrer Tasse. Und auf ihrer Zunge fängt eine elektrische Kettenreaktion an. Ein Zittern. Ein blauer Blitz, der durch alle Nerven läuft. Ein Rieseln, das wie eine perfekt gebaute Dominostraße durch ihren Körper saust. In ihrem Kopf springen alle Zellen gleichzeitig einen halben Zentimeter in die Luft.

»Uuups!«, sagt Rosa.

»Ah«, sagt Maurizio zufrieden. »Du bist-e einverstanden«.

Mit einer geschmeidigen Bewegung stellt er seine Tasse weg und legt seine Hände auf Rosas Pobacken.

Und jetzt ist er auch nicht mehr ein so eleganter Liebhaber.

Was ein Vorteil ist.

Denn Rosa sieht eindeutig einen Funken.

Rosa schläft ein und wacht auf und stellt lachend fest, dass sie keine Lust hat, zur Arbeit zu gehen.

»Was für ein Tag ist heute?«, fragt sie.

»Montag«, sagt Maurizio.

»Habt ihr Montag Ruhetag?«

»Si ...«

Rosa tippt eine SMS an Elfie: »Kannst du für mich einspringen?«

»Nur, wenn es aus Gründen der Leidenschaft ist«, antwortet Elfie.

»Hihi«, kichert Rosa.

»Warum lachst du?«, fragt Maurizio. Besorgt fährt seine Hand über die neuen kurzen Haare.

»Ich mach blau«, kichert Rosa.

»Was ist das?«, fragt er.

»Azzurro«, sagt Rosa. Und dann küsst sie ihn, bis ihr schwindlig wird.

Ihr Herz ist nicht mehr aus Glas oder Stein oder Beton. Es lebt.

»Hurra, ich habe ein Liebesleben!«, schreit Rosa quer durch ihre Wohnung.

14
September

Du hast abgenommen«, sagt Elfie an einem Freitagvormittag im September, als sie ihre Tasche auf der Suche nach einer Yogurette durchwühlt.

Rosa lächelt. Vier Kilo.

»Liebe macht dünn«, sagt Elfie und verschlingt vier Stücke Schokolade hintereinander.

Da ist was passiert, denkt Rosa.

Aber dann schiebt die Pfarrersköchin einen großen Einkaufswagen daher. Elfie verdreht die Augen und zupft in ihrem Schminkspiegel eine Augenbraue zurecht.

Ganze Kisten Tomaten hat Frau Deimel in ihren Wagen gestapelt. Von ihren Fingern baumelt ein Netz Paprika. Rot, gelb, grün. »Rosa, tu' mir den Grünen raus, den iiiisst er mir nicht«, schnauft Frau Deimel.

»Aber gern«, lächelt Rosa, schneidet das Netz auf und legt den grünen Paprika in eine Schachtel unter ihrer Kasse.

Dann beugt sie sich über das Förderband, um die Tomatenkisten einzuscannen.

»Rosa, hast keine Zeit, dass'd im Kirchenchor mit singst? Wir bräuchten dringend Nachwuchs!«, schnauft Frau Deimel. Sie hat immer Asthma, wenn das Wetter umschlägt.

Wenn der Kirchenchor eine Messe singt, hört man sie bei jedem Takt einatmen.

»Eigentlich nicht ...«, sagt Rosa und wuchtet die Tomatenkisten wieder sauber übereinander.

»Deine Mama hat *so* schön gesungen«, sagt Hedwig Deimel vorwurfsvoll.

Rosa sagt nur leise »achtundzwanzig-vierundneunzig.«

Frau Deimel zahlt und walzt hinaus. Beleidigt.

Ein dicker Schminkpinsel verteilt »Golden Magic«-Lidschatten über Elfies Augenlider.

»Der Kirchenchor ist mir irgendwie unheimlich«, sagt Rosa.

»Also Rosa, manchmal spinnst du«, sagt Elfie.

»Ich weiß«, lacht Rosa.

Die Sonne scheint hell und warm durch die großen Fensterscheiben. Rosa streckt die Arme ins Licht. Sie fühlt sich wie eine Blume im Frühling. Am Anfang ihres Lebens.

Rosa ist es egal, ob sie spinnt oder nicht. Es ist, wie es ist. »Maurizio macht das Leben schön ...«, summt sie, und Elfie tippt sich an die Stirn.

Jeder Tag ist einfach nur so, wie er ist. Manchmal fragt Rosa sich, wie lange das so weitergehen kann. Eine Sommeraffäre ist ja eigentlich etwas sehr Einfaches. Man ist für nichts verantwortlich. Man muss keine schwerwiegenden Entscheidungen treffen. Man muss nicht einmal ein gemeinsames Schlafzimmer einrichten ...

Würde Maurizio ein anderes Bett wollen? Vielleicht alles in Anthrazitgrau? Oder einen Teppichboden?

Rosa hasst Teppichböden.

Oder angenommen, Rosa würde sich eine Grippe einfangen und wäre unausstehlich, hässlich und verschwitzt? Aber der Winter ist ja noch weit.

»Du, Rosa«, sagt Elfie.

»Ja?«

»Marco und Marion verschicken Hochzeitseinladungen.«

»Oh«, macht Rosa.

Ein Glitzerkorn an Elfies Augenlid verliert den Halt und fällt auf den Boden zwischen Rosas und Elfies Kasse. Armes Glitzerkorn, denkt Rosa. Dort am Boden wird es nicht lange glitzern. Die Leute werden drauftreten.

»Hast du sie dabei?«, fragt sie Elfie.

»Ja. Möchtest du sie lesen?«

»Ja«, sagt Rosa.

Sie greift nach dem champagnerfarbenen Kuvert.

Edle Efeuranken sind um die zwei Namen gemalt: Marion Vorell und Marco Pollinger.

Rosa liest, lächelt und sagt »Schöne Einladung«. Dann gibt sie Elfie das Kuvert zurück.

»Weißt du eigentlich, wie man Kaffee trinken muss?«, fragt Rosa.

»Einen Löffel pro Tasse«, sagt Elfie.

»Nein«, sagt Rosa. »Das macht ja jeder.«

Die Luft steht still, und das Wasser klebt wie flüssiger Reifengummi am Ufer des Happinger Weiher. Rosa schaut hinauf in den violetten Himmel. Bunte Punkte tanzen vor ihren Augen. Über ihr sieht sie Maurizio und einen Baum. Eine Pappel. Die Blätter sind ein raschelndes grünes Dach über der Wiese.

»Va bene?«, fragt Maurizio leise lächelnd in ihr Ohr.

Rosa hat vor Jahren aufgehört, an Orgasmen zu glauben. Auch, wenn Elfie ihr wöchentlich mit irgendeiner Frauenzeitschrift das Gegenteil beweist.

Frauenzeitschriften lassen Rosa nur schwer und hässlich werden. Außerdem hat sie lange genug gedacht *Alle-können-Orgasmen-haben-nur-ich-nicht.* Oder *Ich-bin-einfach-nicht-entspannt-es-liegt-an-mir.*

Sie hat beim Yoga vor Anstrengung die Zähne zusammengebissen, um zu lernen, wie man sich im Beckenboden versenkt, bis ihr Unterleib ein durchtrainierter, perfekt funktionierender Muskelapparat war.

Sinnlos, selbstverständlich.

Aber hier passiert es gleich.

Unter einem Pappelbaum im Happinger Strandbad. Ohne Kerzenlicht, ohne Champagner, ohne Geigenmusik …

»Va bene, Rosa?«, hört sie ihn von weit weg noch einmal fragen.

Und dann macht es *Bumm.* Eine Art Leuchtrakete schießt durch Rosa bis in ihren Kopf hinauf.

Rosa hört sich seufzen oder schreien oder »unglaublich« denken.

Das war ja …

Aber dann macht es *WHAMM!!* Ein Glitzerfeuerwerk rast durch ihren Körper.

Ein Funkenregen. So, wie's Elfie immer beschreibt. Tatsächlich ein Funkenregen.

Zweimal hintereinander. Ohne Abstand. Multipel.

Seriell!

Maurizio liegt neben ihr und lacht.

»Was gibt's da zu lachen?«, fragt Rosa.

»Ich lache nicht«, sagt er, aber sie fühlt sein selbstgefälliges Lächeln an ihrem Ohr.

Rosa würde ihn gerne fragen, wie er es gemacht hat.

Später vielleicht.

Irgendwoher kommt ein Lufthauch, kräuselt über das Wasser und kitzelt Rosas Haut.

Schade, dass es keine Zeitmaschinen gibt, denkt Rosa. Diesen Augenblick würde sie in einer Schachtel mit nach Hause nehmen und unter ihrem Bett verstecken. Dann könnte sie jeden Tag den Wind in der Pappel rascheln hören. Maurizios Brust an ihrem Bauch spüren, sein Lächeln an ihrem Ohr …

»Ich verlieb mich in dich«, sagt Rosa.

»Mhm«, murmelt er. Langsam streichelt er ihr die Haare aus dem Gesicht.

»Schon länger.« Und nach einer Pause: »Schön ist das. Wie wenn man jahrelang gezeltet hätte, und plötzlich wohnt man in einem Haus.«

»Si …«, murmelt er. Seine Nasenspitze kitzelt ihre Nasenspitze.

Rosa lacht. Nase an Nase mit ihm.

Rosa geht vor Maurizio her, durch das enge Treppenhaus zu ihrer Wohnung hinauf. Es gefällt ihr, wenn er ihren Hintern anschaut, als wäre er ein Stück Zuckergebäck.

»Hallo?«, piepst da eine klägliche kleine Stimme von oben.

Ein kleiner schmaler Schatten sitzt vor Rosas Wohnungstür. Neben dem Schatten steht ein neonpinker Koffer.

»Elfie!«

»Der H-H-Herbert ist so ein A-Arsch!«

Nicht jetzt!, denkt Rosa. Sie will Maurizio küssen. Sie will, dass er sie anschaut wie ein hungriger Wolf und dann verschlingt mit Haut und Haar. Sie will mit ihm nochmal das Gleiche machen wie vorhin unter der Pappel. Bis er sagt, dass er sich auch in sie verliebt.

»So ein A-A-Arsch!«, schnieft Elfie.

»Ach, Elfie«, seufzt Rosa. Sie versucht Maurizios Hand festzuhalten. Aber er schüttelt den Kopf, zeigt auf Elfie und auf seine Uhr.

Rosa begleitet ihn noch runter zur Haustür.

»Ciao, bella Rosa«, sagt er und drückt sie fest an sich. Etwas in ihm zittert dabei.

»Ist dir kalt?«, fragt Rosa.

»Si, si. Is-e kalt«, murmelt er.

»Es hat noch zwanzig Grad.«

»Is-e zu kalt für Italiener«, sagt er. »Winter is-e kalt in Happing.«

»Aber jetzt ist doch erst September«, sagt Rosa.

»Si«, sagt er und lässt sie los. »Si, si, si.«

Dann lächelt er das Lächeln, das Rosa so gut kennt von ihm.

Und weg ist er. Um die Thujenhecke von Rosas Nachbarn verschwunden.

Elfie sitzt auf Rosas Fensterbrett in der Küche und schneuzt tapfer in ein doppelt gefaltetes Stück Küchenrolle hinein.

»Magst du einen Kaffee?«, fragt Rosa.

»J-j-jaaa.«

»Was hat er denn getan?«

»Er glaubt, ich hab einen anderen!«

Rosa schaufelt schwarzes Espressopulver in den Alutrichter von Maurizios Espressokanne.

»Wo warst'n du eigentlich?«, fragt Elfie in die Küchenrolle.

»Ach«, sagt Rosa federleicht und schraubt die Espressokanne zusammen. »Ich hab was rausgefunden.«

»Was denn?«, schnupft Elfie.

»Was über serielle Orgasmen.«

»Ja, weiß ich schon. Gibt's nicht.«

»Doch«, sagt Rosa leise. »Gibt's.«

»Nein!«, kreischt Elfie.

Rosa trägt eine Tasse zu Elfie ans Fensterbrett, und eine stellt sie vor sich auf den Tisch. Eine weiche, liebevolle Kaffeewolke hüllt sie beide ein.

»Danke«, sagt Elfie. Und dann heult sie wieder los.

»Oje«, sagt Rosa. »Habt ihr so schlimm gestritten?«

»*Ich* hab noch nie einen seriellen Orgasmus gehabt …«

»Aber das ist doch reine Glückssache. So was passiert wahrscheinlich einmal in fünf Jahren«, sagt Rosa.

»Ich g-g-glaub, ich muss ihn verlassen!«, heult Elfie.

»Nein, das musst du nicht.« Rosa nimmt Elfie die Tasse aus der Hand.

»Vielleicht passen wir einfach nicht mehr zusammen?«

»Du liest zu viele Frauenzeitschriften.«

»Wieso? Ein Partner verändert sich, der andere nicht, es passt nicht mehr. So was gibt's. Ich bin vier Tage in der Woche in der *Stadt!*«

Rosa hat keine Ahnung von der Stadt. Auch nicht von sich verändernden Partnern und sich verändernden Gefühlen.

Aber Elfie ohne Herbert – das geht nicht.

»Komm, wir fahren in die Sauna«, sagt Rosa. Sauna hilft immer.

15
Tauchbecken

In der Sammelumkleide hängt dieser deckenhohe Spiegel, den Rosa so hasst. Um den macht man besser einen weiten Bogen, wenn man nicht aussieht wie Naomi Campbell und trotzdem vorhat, nackt durch den gesamten Badepark zu spazieren.

»Schau mal, wie ich ausschau!«. Aber heute sagt das ausnahmsweise Elfie und starrt ihre verquollenen Augen im Spiegel an.

Also schaut Rosa doch in den Spiegel. Und stutzt. Irgendwie … müssen sie einen anderen Spiegel aufgehängt haben. Einen, der schlank macht.

»Warst du im Solarium?«, fragt Elfie erstaunt.

»Nein, nur ab und zu schwimmen«, sagt Rosa leise.

»Wo?«

»Im Happinger Weiher.«

»Und da wird man so braun?«

Tatsächlich schimmert Rosas Haut ein bisschen bronzebraun. Als hätte Maurizio einen Hauch Schönheit auf sie drauf gepinselt. Auf einmal hat Rosa das Gefühl, sich vor dem Spiegel drehen zu wollen. Und mit den Hüften zu wackeln und einen Kussmund zu machen.

Eine Frau mit zwei schweinchenrosa Handtüchern um den Kopf tut so, als würde sie sich eincremen. Aber Rosa fühlt deutlich ihren Blick auf ihren Pobacken. Diese Frau überlegt, ob Rosa blasser oder bräuner ist als sie selbst.

Und dass Rosa mit Sicherheit mehr wiegt als sie. Und warum Elfie so verquollene Augen hat. Betrug wahrscheinlich. Vielleicht sogar mit jemandem, den man kennt?

»Heuschnupfen«, erklärt Rosa der Frau.

»Ja, das wird immer schlimmer, gell!«, sagt die Frau und cremt sich eilig fertig ein.

»Wenn du ins *Sunny Kiss* gehst, musst du den 4er nehmen!«, sagt Elfie. »Beim 3er ist die mittlere Röhre kaputt. Danach schaust du aus wie ein Streifenhörnchen.«

»Ich geh aber nicht ins Solarium«, sagt Rosa.

»Solarium setzt Glücksbotenstoffe frei, hab ich gelesen«, sagt Elfie und zieht Rosa eilig aus der Umkleide, vorbei an der Bio-, Aroma- und Kristall-Sauna, hinaus ins Freie.

Wind, Regen und der riesige Wedel einer künstlichen Kokospalme peitschen Rosa ins Gesicht. Das Handtuch rutscht ihr von den Schultern, und von ihrem linken Badelatschen löst sich die Sohle. Elfie tippelt eilig voraus, zwischen blubbernden Tümpeln und künstlichen Geysiren durch.

Mit Maurizio im Regen spazieren zu gehen wäre jetzt schöner als jeder Eukalyptus-Aufguss, denkt Rosa.

Mitten auf einer Holzbrücke, gleich vor der großen Saunahütte, bleibt Elfie plötzlich stehen. Wie hypnotisiert starrt sie jemanden hinter den künstlichen Wasserfällen an. Eine hochgewachsene Gestalt, die gelassen durch die eiskalte Gischt schlendert. Ein Mann, voll bepackt mit Muskeln. Schwimmer bestimmt, oder Triathlet.

Oder Fußballer.

Aus irgendeinem Grund dreht er sich um, bevor er die Tür zur Sauna öffnet. »Elfie!«, sagt er.

»Toni!«

Der Trainer.

Toni lächelt.

Elfie legt ihre zierliche Hand auf das Geländer und schwebt über die Brücke. Sie lächelt ihn himmelblau an. »So ein Zufall, was machst du denn hier??«

Elfie kann sogar »was-machst-du-denn-hier« interessant klingen lassen. Toni hält ihr mit einem eleganten Schwung die Tür zur Sauna auf. Sie bewegen sich, als wären sie soeben mit einer schwarzen Limousine vor die Oper gefahren und trügen Abendgarderobe, und nicht Badelatschen und ein Handtuch.

»Rosa?«, fragt Elfie und dreht sich mit vollendeter Grazie um. Dabei steht sie für zwei Sekunden unter dem vierzig Zentimeter dicken Kiefern-Türstock und Tonis ausgestrecktem Arm.

Zwischen Elfie und Tonis Muskelkörper sind nur ein paar Zentimeter. Ein schmaler, spannungsgeladener Spalt. Rosa sieht elektrische Wellen in diesem Spalt. Türkisblau fluoreszierend.

Herbert hat Recht, denkt Rosa. Aber sofort vergisst sie diesen Gedanken wieder.

Die Sauna ist brechend voll.

»Servus«, brummt ein Männerchor.

»Servus«, sagt Rosa und wünscht sich, draußen im Regen zu stehen.

Fünfzig Augenpaare schweifen träge über Rosa, an Toni vorbei, und bleiben interessiert an Elfie kleben.

Nackte Männer im Schummerlicht. Arsch neben Arsch

dampfen sie und atmen ihren eigenen heißen Mief. Ein Schwergewicht auf der mittleren Bank tönt »Ruckt's a biss'l zam!!«, und stemmt sich ungeniert gegen seinen Nebenmann. Ganze Schweißbäche rinnen ihm über den Bart und den haarigen Bauch.

Wie will der den Aufguss überleben?, denkt Rosa.

Elfie lächelt und quetscht sich einfach zwischen den dicken Mann und Toni.

Haut an Haut.

Tonis stahlharte Schenkel schmiegen sich an Elfie. Türkisblaue elektrische Wellen schlängeln sich entzückt über den Schweißfilm auf seinem Körper, hinüber zu ihr. Eflie lacht und strahlt. Sie ist ein perfekter Teil des Ganzen. Sie passt genau hierher.

»Ich geh' wieder raus!«, flüstert Rosa.

Doch da lächelt ein dünner Mann auf der untersten Bank zu ihr herauf. »Hallo, Rosa«, sagt er mit sanfter Stimme.

Bertram Zierl. Der Leiter des Happinger Kirchenchors.

»Oh. Hallo«, sagt Rosa.

Bertram Zierl klopft auf das winzige Stückchen Bank neben sich. Rosa setzt sich.

»Die Frau Deimel hat mir schon gesagt, dass Sie noch jemanden für den Kirchenchor suchen«, sagt sie brav.

»Ja«, sagt Bertram Zierl. »Aber das eilt ja nicht.«

»Nein, nein«, sagt Rosa.

»Deine Mutter hatte eine wunderbare Stimme«, seufzt Bertram Zierl.

Etwas schnürt Rosas Hals zu. Etwas sehr Altes, sehr Mächtiges.

»Wie sie gesungen hat!«, sagt Bertram Zierl. »Manchmal habe ich gedacht, ich höre einen Engel.« Er klingt, als würde es ihm auch den Hals zu schnüren.

Warum ..., denkt Rosa. Wenn der Chor eine Messe gesungen hat, ist ihre Mama immer ganz rechts gestanden, in der zweiten Reihe. Sie hat gesungen und dabei unentwegt Bertram Zierl in die Augen gesehen.

Gott sei dank geht jetzt die Saunatür auf. Der Bademeister. Er trägt dunkelblaue Shorts. Über seiner Schulter hängt ein schön gefaltetes Handtuch. In seiner Hand schwingt er einen Holzeimer.

Rosa verfolgt jeden seiner Handgriffe. Wie er die erste Holzkelle voll Wasser über den Steinofen träufelt. Und die zweite Kelle. Es zischt und faucht. Es tut unendlich gut, wenn man etwas zum Anschauen hat.

Wie er das Handtuch von der Schulter nimmt und es langsam über seinem Kopf kreisen lässt.

Heißer, frischer Dampf legt sich auf Rosas Haut. Die Männer hinter ihr saugen ihn rasselnd durch ihre Nasenflügel.

»Mmh ... guuuuut«, haucht Elfie.

Und der Dicke neben ihr raunzt: »Ho! Hohoho! Schau, wie's ihr gefällt! Der Mann versteht was von Frauen!«

»Sie war immer so sorglos«, sagt Bertram Zierl, neben Rosa.

Die Konturen des Bademeisters verschwinden langsam im Eukalyptus-Nebel. Rosa hat nichts mehr zum Anschauen. Dafür sieht sie ihre Mutter, wunderschön, in einem gelben Kleid über eine Wiese voller Margeriten laufen. Sie läuft auf einen Mann zu. Rosa hat das oft geträumt, als Kind. Vielleicht war es ja auch gar kein Traum.

Langsam führt der Bademeister das Handtuch über den Kopf. Und lässt es mit einem Knall herunter sausen.

Peng! Der heiße, scharfe Dampf springt Rosa an, mit jedem Schlag des perfekt gefalteten Handtuchs. Peng! Wieder hoch. Peng! Wieder hoch. Peng!

Der Dampf weht bis in die letzte Hautritze der Schwitzenden. Der Eukalyptus-Nebel schiebt sich, weiß und dick, durch die ganze Hütte, bis unters Dach.

»*Pfhfch*«, hört Rosa den Dicken neben Elfie röcheln.

»Huaaaah!«, macht ein anderer.

Der Bademeister schwingt das Handtuch wie eine Peitsche. Rechts, links, rechts, links, immer schneller, ein treibendes Stakkato. Die Hütte verwandelt sich in eine Symphonie aus Dampf und Schweiß.

Rosa wird in heiße Watte gepackt. In eine Wolke, auf der sie davon schwebt.

Geliebte Maria. Denkt Rosa wie aus dem Nichts.

Rosa reißt vor Schreck die Augen auf.

Sie schaut direkt in ebenfalls aufgerissene Augen. Bertram Zierls Augen.

Rosa kann sich noch an den Tag erinnern, an dem Bertram Zierl mit seiner Familie aus Happing weggezogen ist. Rosas Mama ist an dem Tag im Schlafzimmer hinter dem Vorhang gestanden und hat dem Umzugs-LKW nachgeschaut, bis er hinter den Hügeln verschwunden ist.

Das war ihr Abschied.

Den Vorhang hat sie am nächsten Tag abgenommen und in kleine Streifen geschnitten.

»Der ist schon wirklich alt und hässlich, nicht wahr, Rosa?«, hat sie gesagt.

Aber der Vorhang war nicht alt und hässlich. Er war wunderschön und dunkelrot.

»Ich hab ihn zerschnitten, weil er ein Versteck war«, hat ihre Mama gesagt. »Ich will kein Versteck mehr.«

»Entschuldigung«, flüstert Rosa und steht auf. Man kann kaum einen Meter weit sehen. Ihre Hände tasten durch die dampfende Luft. Irgend jemandem patscht sie auf den Kopf. Knie und Unterschenkel ragen in ihren Weg, und auch ein Fuß, auf den sie steigt. »Entschuldigung!« Rosa dreht sich hilflos um sich selbst und findet keine Tür.

Der Bademeister macht ihr auf.

Rosa ist draußen. Es regnet noch. Die Nacht ist jetzt tiefschwarz. Eine Nacht, die einen verschluckt. Die alles unsichtbar macht. Rosa marschiert geradewegs zum Tauchbecken.

Zischend taucht ihr Körper ein. Kalt! Rosa taucht unter.

Als sie wieder auftaucht, sieht sie Bertram Zierl aus der Sauna kommen. Er schaut sich suchend um. Nackt, am ganzen Körper knallrot und dampfend. Seine schmale Musikerhand reibt über seine Stirn. Er hat oft Kopfschmerzen. Er geht zu den Ruheliegen. Er wird an Rosas Tauchbecken vorbeigehen.

Rosa taucht wieder unter. Sie will nicht reden mit ihm. Nichts von dem, was er sagt, will sie wissen.

Das Wasser im Tauchbecken ist wie flüssiges Eis. Rosas Ohren tun weh davon. Aber nach ein paar Sekunden spürt sie die Kälte nicht mehr.

Das Wasser im Tauchbecken ist hellblau. Bei jeder Bewegung ihrer Hand steigen Blubberblasen auf. Alles sieht so klar aus. Wie durch eine scharfe Linse. Schau, wie schön, denkt Rosa.

»Hast du einen anderen?«, fragt Rosa, als Elfies vanillegelber Punto aus der Parklücke rollt.

»Nein«, flüstert Elfie.

Es sind vierzehn Kilometer vom Badepark bis Happing.

»Gedacht hab ich an einen anderen«, sagt Elfie, als sie neben der Thujenhecke von Rosas Nachbarn anhält. »Ist das schon Betrug?«

»Nein«, sagt Rosa.

Sie baut die Couch in Rosas Wohnzimmer zu einer Liegelandschaft um wie früher. Seit Elfie mit Herbert zusammen ist, hat sie nicht mehr bei Rosa übernachtet.

Menschen, die sich lieben, würden einander doch nicht verlassen, denkt Rosa. Oder?

»Er hat nicht mal eine SMS geschrieben«, sagt Elfie.

Rosas Herz klopft so laut es kann: Liebe ist alles, was zählt!

Dummes Herz, sagt Rosas Kopf. Aber Rosas Herz will es nicht einsehen. Dass Liebe etwas Vergängliches ist. Etwas, das sich abnutzt.

Rosa sammelt überall in ihrer Wohnung Sachen zusammen: einen Kissenbezug, eine Lampe für neben die Couch, weil Elfie im Dunkeln nicht schlafen kann, eine Zahnbürste, ein Schlaf-T-Shirt und Bettsocken. Zum Schluss holt sie die Bettdecke »für Gäste« aus dem Schrank.

»Glaubst du, dass der Toni ein guter Tänzer ist?«, fragt Elfie.

»Gute Nacht«, sagt Rosa.

Auf dem schmalen Regalbrett neben dem Wohnzimmerschrank steht ein Foto mit einer Giraffe, Rosa und Rosas Mama. Ein strahlendes Lachen mit Sonnenhut.

Daneben hängt ein kleines, unscharfes. Maria, wie sie lachend bis zu den Knien im Meer steht.

An normalen Tagen schaut Rosa an diesem Foto einfach vorbei.

Aber heute bleibt Rosa davor stehen und sagt: »Was?«

»Jede Sekunde glücklich sein war's wert«, sagt das Foto.

Rosa hört, wie Elfie »Gute Nacht«, murmelt. Elfie muss achtzehn Stunden am Stück schlafen, wenn sie Kummer hat. Es wird schwierig werden, sie morgen zur Arbeit aufzuwecken.

Rosa wischt Krümel vom Tisch, zupft den Vorhang zurecht und kann doch nicht aufhören, sich vorzustellen, wie es war zwischen ihrer Mutter und Bertram Zierl.

Sie nimmt das unscharfe Foto von der Wand. Am linken Bildrand ist ein Steg mit einer Bar und Sonnenschirmen. »Bar Antonio« steht auf den Schirmen. Maria dreht sich zur Kamera um, als hätte man sie bei etwas überrascht. Vielleicht hat er ja das Foto gemacht. Im Urlaub?

»Sie war so sorglos«, hat er gesagt.

Vielleicht hat er auch oft Angst gehabt um sie, so wie Rosa? Dass sie sich etwas antut. Aus Trauer. Aus Einsamkeit. Aus Enttäuschung, weil er seine Frau nicht verlassen konnte. Vielleicht wollte er immer, wenn er nach Hause gefahren ist, dass sie ihm verspricht, auf sich aufzupassen.

Auf dem Foto ist Maria vielleicht fünfundzwanzig.

Sie hat immer gelacht. »Mir kann doch nichts passieren«, hat sie gesagt.

Rosa kann sich erinnern, dass sie einmal weggefahren ist, als Rosa drei war. Rosa musste bei der Oma bleiben. »Die Mama kommt bald wieder, die ist im Urlaub«, hat die Oma ihr ständig gesagt.

Rosa hat sich vorgestellt, was das sein könnte, »im Urlaub«. Etwas Magisches. Dass dort vielleicht auch Feen sind und riesige Vögel, auf denen man reiten kann. Vielleicht ist das ein Land mit einem König, der einen nicht mehr weg lässt. Rosa hat jeden Tag gebetet, dass ihre Mama wieder heimkommt.

Zwei Wochen später ist Rosa mit ihrer Oma zum Bahnhof gefahren. Rosa hat ein zitronengelbes Kleid anziehen müssen, mit einem Kragen aus weißen Rüschen. Als Rosas Mama aus dem Zug gestiegen ist, hat Rosa sofort gesehen, dass sie anders war als vor dem Urlaub. Ihre Haut war dunkler und ihre Haare ein bisschen heller, aber das war es nicht. Etwas Wichtigeres war anders. Etwas, das man nicht sehen kann.

»Langsam, Rosa!«, hat die Oma geschrien, wie immer, aber Rosa hat sich los gerissen und ist zu ihrer Mama gerannt. Maria hat sie wild durch die Luft gewirbelt.

»Fährst du wieder in Urlaub?«, hat Rosa gefragt.

»Nein, meine Maus«, hat Maria gesagt. »Nie wieder.« Sie war traurig darüber.

Aber Rosa hat sie nicht gefragt, warum. Denn Rosa war glücklich.

Rosa stellt das Foto wieder hin.

»Ich werde glücklich!«, sagt Rosa. »Komme, was da wolle.«

Sie stellt sich an ihr Küchenfenster und schaut auf den Fußballplatz hinunter.

Ein Irrlicht flackert über das Spielfeld. Es sieht wütend aus.

Wenn's für Maurizio zu kalt ist in Happing, denkt Rosa, dann werd ich halt in Italien glücklich. An einem italienischen Herd. Warum soll man denn auch nicht an einem italienischen Herd glücklich werden? Mit fünf glutäugigen Kindern an der Hand und einem Topf Polenta auf dem Tisch.

Das Irrlicht dreht Kreise.

Da klingelt Rosas Telefon.

»Hallo, hier ist der Toni.«

»Hallo.«

»Rosa?«

»Ja?«

»Ist die Elfie bei dir?«

»Ja ...«

»Kann sie bitte zum Fußballplatz raus kommen?«

»Die schläft schon.«

»Es wär dringend.«

Rosa geht zur Couch und schüttelt Elfies Schulter. Aber Elfie wacht nicht auf.

»Kann ich ihr was ausrichten?«

»Ihr Freund dreht durch, hier heraußen. Der ackert uns das ganze Spielfeld um. Was mach ich denn jetzt?«

»Der Herbert?«, fragt Rosa.

Jetzt hört sie das zornige Jaulen eines Motors durchs Fenster. Sie sieht das Scheinwerferlicht an ihrer Wohnzimmerdecke. In großen Zacken schwirrt es hin und her.

Der alte VW-Bus, den Herbert so mühsam zusammengeschraubt hat, schlittert am nördlichen Ende des Spielfelds knapp an den Torpfosten vorbei.

»Der ruiniert den ganzen Platz!«, wiederholt Toni panisch. »Keiner kann ihn stoppen!«

»Ich komm schon«, sagt Rosa und merkt erst, was sie gesagt hat, als der Hörer auf der Gabel liegt.

»Elfie!!! Du musst aufstehen, der Herbert dreht durch!«

Aber Elfie starrt sie nur an, mit großen, verwirrten Augen. Ihre Lippen zittern.

Also schwingt sich Rosa allein auf ihr Fahrrad und fährt hinaus zum Fußballplatz. Herbert rast kreuz und quer über den Fußballplatz.

»Der läuft Amok!«, schreit jemand droben beim Sportheim. »Ihr müsst die Polizei holen!«

Rosa fliegt mit einem Satz die Stufen zum oberen Spielfeld hinauf.

»Da kann ich morgen das Spiel absagen!«, hört sie Toni. »Das ist eine Katastrophe!«

Dann sieht Rosa Herberts Gesicht hinter der regennassen Scheibe. Rosa weiß mit einem Schlag: Er wird sich was antun. »Herbert!«, schreit sie, winkt wild mit den Armen, damit er sie anschaut, und stellt sich dem VW-Bus in den Weg.

Aber Herbert bremst nicht.

Rosa bleibt, wo sie ist. Sie hüpft und schreit, direkt vor Herberts Auto.

Herbert bremst nicht.

Irgendwoher rennt Marco auf sie zu. »Rosa!«, brüllt er. »Spinnst du!« Mit einem Hechtsprung packt sie und zieht sie aus Herberts Schusslinie. Der VW-Bus rast vorbei. »Du bringst dich ja um!«, keucht Marco.

Rosa schaut erstaunt in seine grünblauen Augen. »Sterben ist bei weitem nicht das Schlimmste«, sagt sie.

Er schüttelt den Kopf. Das versteht er nicht. Wahrscheinlich würde er vieles an Rosa nicht verstehen.

Wir passen ja gar nicht zusammen, denkt Rosa, zum ersten Mal seit dreiundzwanzig Jahren.

»Danke, Marco, es geht schon«, sagt sie dann und schiebt seinen Arm zur Seite. Sie läuft ein zweites Mal zum Spielfeld. Liebe ist alles, was zählt!, denkt ihr Herz wie ein Mantra.

Und da steht Elfie, mitten im Sechzehner, und schreit so laut sie kann: »Ich liebe dich!«

Herbert geht vom Gas. Für einen Moment steht der VW-Bus still und dampfend wie ein Schlachtross auf dem Fußballplatz.

Elfie steigt ein.

»Ich geh dann heim«, sagt Rosa, auch wenn das gar niemand hört.

In der Eingangstür zum Sportheim steht Marion. Ihre Blicke saugen sich an Rosa fest.

Jetzt weiß sie es also, denkt Rosa. Etwas kriecht kalt und glitschig unter ihre Arme. Angst. Rosa hat Angst vor Marion. Viel mehr, als vor einem kilometertiefen Abgrund unter ihr. Wie hat sie das nur so lange aushalten können?

Rosa geht stumm an Marion vorbei nach Hause. Sie zieht ihren Schlafzimmervorhag weit auf. Zartblau ergießt sich das Flutlicht auf ihre Kissen. Draußen joggt Marco um das aufgewühlte Spielfeld. Ein einsamer Läufer im Flutlicht. Dreht seine immer gleichen Runden.

16

Du hast mein Herz berührt

Rosa wacht auf und es ist Samstag früh. Sieben Uhr. Verschlafen, denkt sie und rollt sich vorsichtig aus dem Bett. Ihr Kopf fühlt sich an, als wäre etwas sehr Schweres drauf gefallen. Ein Vorschlaghammer vielleicht. Oder ein Amboss. Elfie ist nicht da.

Ich sag einfach, sie ist krank, denkt Rosa und taumelt aus dem Haus.

Bei jedem Schritt schlägt der große Hammer auf ihren Kopf. Wumm. Wumm. Wumm.

Die Petunien in den Betonkübeln vor dem Eingang zum Edeka leuchten so grell, dass Rosa die Augen schließen muss. Was ist das nur für ein komischer Tag?

Es ist sieben Uhr fünfzehn, als Rosa den Supermarkt betritt.

Das Feiertagswochenende zum Tag der deutschen Einheit steht bevor und die Menschen kaufen ein, als bräche bis Montag eine Hungerkatastrophe übers Land herein.

Elfie erscheint um neun. Es ist keine Zeit, irgendwas zu fragen. Rosas Kasse hat sich in ein Hochgeschwindigkeitsfließband verwandelt. Hubert ackert und rennt, bis ihm die Haare zu Berge stehen.

Irgendwann wird es tatsächlich neunzehn Uhr und der letzte Happinger verlässt den Laden.

»Bis morgen!«, sagt Elfie eilig, wirft die Bäckerschürze auf den Boden und rennt hinaus.

Draußen wartet ihr Super-Herbert. Elfie fliegt direkt in seine Arme. Sie klammert sich an seinen Hals wie ein Affenbaby und redet mit einer irrsinnigen Geschwindigkeit Wörter auf ihn ein, die er nie verstehen wird. Aber er drückt einfach einen Kuss auf Elfies plappernden Mund. Alles ist gut.

»Na, Gott sei Dank«, sagt Hubert, als er die Ladentüre zusperrt.

Rosa hat ihn gar nicht bemerkt. »Ja, an einem Feiertag drehen die Leute immer durch«, sagt Rosa.

»Nein, ich meine die zwei.« Hubert lächelt versonnen zu Elfie und ihrem Super-Herbert. »Das macht einen jedes Mal ganz fertig, wenn sie gestritten haben. Findest du nicht?«

»Doch«, sagt Rosa. »Das find ich auch.«

»Obwohl man ja eigentlich weiß, dass sie sich immer wieder vertragen«, seufzt Herbert.

»Ja«, sagt Rosa. »Eigentlich sind die beiden ein Mensch, und nicht zwei.«

»Ja. Aber wahrscheinlich weiß man so was manchmal einfach nicht sicher genug.«

Rosa hat plötzlich den Wunsch, irgendwo zuhause zu sein. Bei jemandem. Ganz.

»Schönen Feierabend, Rosa«, sagt Hubert sanft.

»Danke, dir auch.«

Dann zieht Rosa ihren Kittel aus und geht wie jeden Abend hinüber zum Dolomiti.

Aber Maurizio ist nicht da. Nur Onkel Giuseppe.

»Buona sera, Rosa«, sagt er und wischt einen Tisch auf der Terrasse für sie ab.

»Hallo, Giuseppe!«, sagt Rosa erstaunt.

Sie hat gedacht, die Reha dauert bis Ende Oktober. Aber anscheinend ist Giuseppe schon wieder gesund, denn er springt eifrig um Rosa herum:

»Setz-e dich, Rosa, setz-e.«

»Nein, nein«, will Rosa gerade sagen. »Danke, ich setz mich rein zu Maurizio.«

Aber dazu kommt sie nicht mehr.

Giuseppe bringt ihr einen Ramazotti, eine gelbe Rose und ein zweimal gefaltetes Stück Papier.

Und als Rosa das Papier auseinanderfaltet, kracht, noch bevor sie den ersten Buchstaben gelesen hat, der Amboss mit voller Wucht auf ihren Kopf.

»Carissima Rosa«, schreibt er.

»Ich bin zurück nach Italien gefahren. Meine Heimat.

Ich kann ohne Bella Italia nicht leben.

Gli fiori d'arancia! La Piazza San Michele. Il mare, gli pesci. Il vino …

Wie soll ich leben ohne das? Bitte verzeih mir.

Der Sommer mit dir war sehr schön.

Du hast mein Herz berührt.

Ciao.

M.«

Der TSV Happing hat die ersten vier Spiele der Saison verloren. Das kann man sich in der Bayernliga nicht leisten, steht in der Zeitung. Der Trainer setzt alles unter Strom. Der komplette Oktober wird ein einziges langes Trainingslager. Denn sonst, schreibt die Zeitung weiter, wird man den Herausforderungen dieser Liga nicht gewachsen sein.

Die Mannschaft braucht jetzt jeden Mann. Die Mannschaft braucht Marco.

Marco und Marion verschieben ihre Hochzeit auf April nächsten Jahres.

Er kann nicht einfach weg sein, denkt Rosa. Es wäre ja direkt ein Witz, wenn er jetzt einfach weg wäre. Liebende kommen wieder. Alle. Weil das ein Naturgesetz ist. Rosa legt einen Kieselstein in die Haustür, damit sie nicht zufällt. Sie lässt die Wohnungstür und ihre Schlafzimmertür offen, damit er nicht klingeln muss. Die Stille im Treppenhaus macht ihr ein bisschen Sorgen. Aber dann legt sie sich, dekorativ in die neue Unterwäsche gehüllt, in ihr Bett.

Mit roten Striemen von den Strumpfhaltern auf ihren Pobacken wacht Rosa wieder auf. Es ist schon hell. Niemand liegt neben ihr.

Rosa horcht. Aber sie hört nur die Geräusche, die sie selber macht.

Ohne große Gefühlsausbrüche zieht Rosa die pastellgelbe Unterwäsche aus und legt sie in den Schrank. Dann geht sie zur Arbeit.

Sie erwischt Hubert, wie er mit roten Backen eine SMS tippt.

»Oh, Rosa. Hallo«, sagt er und versteckt sein Handy.

»Entschuldigung«, sagt Rosa und fragt sich nicht einmal, wem Hubert in der Früh um halb sieben geheime SMS schreibt.

Rosa funktioniert einwandfrei. Sie fädelt eine neue Papierrolle in die Kasse, entkalkt den Kaffeeautomaten im

Bistro und wünscht den Happinger Hausfrauen lächelnd einen schönen Tag.

Alles wie immer.

Um zehn nach fünf bemerkt Rosa in sich ein Vakuum. Noch bevor die Kirchturmuhr viertel nach schlägt, hat es alles eingesaugt. Wo vorhin gerade noch Rosa war, ist jetzt eine Grube.

Um halb sieben ruft Rosa Elfie an: »Maurizio ist weg.«

»Wo?«

»Italien.«

»Hat er das gesagt?«

»Er hat einen Zettel geschrieben.«

»Arschloch«, sagt Elfie inbrünstig.

Rosa sagt nichts. Sie hält sich an einem Zeitungsstapel fest.

»Was machst du jetzt?«

»Nichts, glaub ich«, sagt Rosa.

»Ich würd runter fahren und ihn erschießen.«

»Haha«, macht Rosa.

»Soll ich mitkommen?«

»Hast du eine Pistole?«, fragt Rosa.

»Nein. Leider«, sagt Elfie.

»Ich meld mich später.« Rosa legt auf.

Hinter der großen Fensterscheibe liegt der Happinger Kirchplatz in goldenem Spätsommerlicht.

Die Terrasse des Dolomiti sieht aus wie aus einem Prospekt für Urlaub in Italien. Giuseppe winkt einer jungen Frau mit Kinderwagen zu.

Hubert kommt aus seinem Büro. Er hat ein frisches Hemd an und ein Leinensakko. Er muss ein bisschen früher gehen, sagt er. Ob Rosa wohl die Abrechnung machen könnte und die Geldbombe zur Sparkasse bringen?

»Ich will ein neues Leben«, sagt Rosa.

Hubert bleibt für einen Moment stehen. Als müsste er eine unerwartete Entscheidung treffen.

»Klar kann ich die Abrechnung machen«, sagt Rosa dann und nimmt ihm die Schlüssel und die Geldbombe aus der Hand.

Es ist halb acht, als Rosa zur Sparkasse geht. Die Geldbombe ist in ihrer Tasche.

Rechts von der Eingangstür ist eine Klappe für Briefe und dahinter das Loch in der Wand, wo man die Geldbombe und die Kassenschlüssel hineinwirft. Rosa hat das schon zigmal gemacht. Heute macht sie es nicht so. Heute wirft sie nur die Schlüssel hinein.

Es wird schon früh dunkel um diese Jahreszeit. Vom Fußballplatz klingen die alten Geräusche zu Rosas Wohnung herauf.

»Patsch«, hallt es durch ihre Küche. Toni, der Trainer, brüllt »Tuck-Tuck-Tuck!«, bis er heiser ist. Und jemand stöhnt: »Ah! Hey, Marco, du alte Drecksau!«

Sie hat diese Geräusche den ganzen Sommer nicht gehört. Aber sie müssen da gewesen sein. Die Vorbereitungsspiele fangen ja schon im August an.

Rosa betrachtet die Geldbombe.

9758 Euro, 83 Cent.

Das ist mehr Geld, als Rosa je auf einmal besessen hat. Man könnte eine lange Reise damit machen.

Rosa liest noch einmal Maurizios Zettel. »Du hast mein Herz berührt«, schreibt er.

Italiener!, denkt Rosa. In ihrem Hals ist eine bittere grüne Masse. Wie kann er es wagen, von einem Herz zu schreiben, wo er keines hat! Aber er wird bezahlen für das, was er getan hat.

Irgendwann wird es still am Fußballplatz. Das Flutlicht geht aus, und die letzten Autos fahren vom Parkplatz.

Zu dem Zeitpunkt sitzt Rosa immer noch an ihrem Küchentisch, zusammen mit der Geldbombe.

Aber was, wenn sie wirklich sein Herz berührt hat?

Vielleicht hat er gedacht, er müsste sich entscheiden. Entweder Rosa oder Italien. Vielleicht hat er gedacht, er würde seiner Heimat und seiner Familie für immer den Rücken kehren müssen, wenn er sich für Rosa entscheidet. Jeder weiß, was Heimat und Familie für einen Italiener bedeuten.

»Du hast mein Herz berührt.«

Ich könnte ihn fragen, denkt Rosa. Und dann werde ich es ja sehen.

Um drei Uhr nachts fängt Rosa an, ihre Koffer zu packen. Um vier Uhr verlässt Rosa mit zwei Koffern in der Hand das Haus und geht zur Bushaltestelle. Um halb fünf geht der erste Bus nach Beierbrunn zur S-Bahn.

Das ist das letzte Mal, dass Rosa durch Happing geht. Die Thujenhecken neben dem Gehweg schauen ihr nach, bis sie auf dem Kopfsteinpflaster vor der Kirche links abbiegt. Euch werd ich nicht vermissen, denkt Rosa.

Ihre Koffer sind schwer. Vor allem der rechte. Er zieht Rosas Arm fast in den Boden.

Rosa hat alles eingepackt, was sie für ein neues Leben braucht. Ihre neue Unterwäsche, die schwarzen Spitzen-BHs, die Maurizio ihr geschenkt hat, Seidenstrümpfe, die hochhackigen Sandalen. Hauchdünne Sommerkleidchen und luftige, kurze Röcke. All ihre neuen Body-Lotions. Anti-Cellulitis-Creme. Selbstbräuner. Enthaarungswachsstreifen. Vitaminampullen für die Augenlider.

Ihr großes Küchenmesser und die Geldbombe.

Ich sollte wenigstens Hubert Bescheid sagen, denkt Rosa, als sie um vier Uhr fünfundzwanzig ihre Koffer neben das Bushaltestellenschild stellt.

Sie sieht schon die Scheinwerfer des Linienbusses nach Happing herein fahren. Aber sie rennt noch einmal über die Straße, zum Bäcker Höllthor, und schreibt mit eiligen Buchstaben:

»Lieber Hubert, ich hab die Bombe.

Bitte verzeih mir, ich hab's aus Leidenschaft getan.

Aber auch wenn ich nicht wiederkomme, zahl ich dir alles zurück, mit Zinsen.

Liebe Grüße, Rosa.«

Rosa klemmt den Zettel unter das neongelbe Sonderangebotsplakat an der gläsernen Schiebetür. Dort wird er ihn finden. Das Plakat wird täglich ausgetauscht.

Der Bus bremst vor dem Haltestellenschild. Da stehen zwei Koffer. Aber niemand steht dabei. Also fährt er wieder los.

Und dann rennt sie hinter dem Bus her. »Stoooop!«, schreit Rosa und rennt los.

Tatsächlich hält der Bus an.

Rosa nimmt ihre Koffer und steigt ein. »Guten Morgen, Herbert«, sagt sie. »Einmal einfach nach Beierbrunn.«

Herbert nickt, stellt keine einzige Frage und lässt sie umsonst mitfahren.

Drei Stunden später steigt Rosa in einen Zug nach Neapel.

17
Non che autobus

Die Zugfahrt dauert siebenundzwanzig Stunden. Und kein Mensch in Neapel kennt Torre Santa Magdalena. Eine Frau im Touristikbüro vermutet sogar, dass es Torre Santa Magdalena überhaupt nicht gibt.

Ein alter Mann mit einer Plastiktüte voller zappelnder Fische in der Hand zeichnet Rosa dann den Weg zu einer Bushaltestelle auf ein Stück Serviette. »Mezzogiorno«, sagt er und lächelt zahnlos. »Via Flavio Gioia!« Dort muss Rosa in einen Bus steigen.

»Si, si, a mezzogiorno«, sagt der Busfahrer und schiebt Rosa an sich vorbei in den Bus, damit sie nicht den Eingang blockiert. »Mezzogiorno« heißt Süden, schlägt Rosa in ihrem Wörterbuch nach. Der Busfahrer sieht aus wie ein Mafioso.

Die werden mich alle umbringen, denkt Rosa und setzt sich.

Aber es gibt nur den einen Bus nach Torre Santa Magdalena, hat der alte Mann mit den Fischen gesagt.

Nach zwei Stunden Fahrt ist Rosa die einzige, die noch im Bus sitzt. Mit wildem Gehupe rumpelt der Bus über die Schlaglöcher. Rosa spreizt sich mit aller Kraft zwischen die Sitze. Doch bei jeder Kurve knallt ihre müde Stirn gegen die Scheibe. In ihren Ohren sitzen Orgelpfeifen und spielen einen vierstimmigen Dauerton. Irgendjemand muss bei diesem Bus die Stoßdämpfer ausgebaut haben.

Der Busfahrer grinst. »La strada, Signorina! Vecchia, vecchia. Molto famosa!« Ein Schneidezahn und mindestens zwei Zähne aus der unteren Gebissreihe fehlen ihm.

Schlägerei, denkt Rosa sofort. Mafia. Camorra. 'Ndrangheta.

Maurizio hat gesagt, in Torre Santa Magdalena gibt es nur das Meer, die Fischer, ihre Frauen, den Strand und Brunos Bar.

Aber vielleicht hat er gelogen. Es war schließlich auch eine Lüge, als er Rosa im Arm gehalten hat, als würde er das für den Rest seines Lebens tun. Oder? War das nicht die größte Lüge?

Du hast mein Herz berührt.

Vielleicht ist Torre Santa Magdalena ja die Heimat großer Verbrecher? Und Maurizio ist einer von ihnen! Rosa wird es herausfinden. In seinen Augen wird sie die Wahrheit sehen. Für alle Fälle hat sie ja ihr Messer dabei.

Vielleicht kommt auch alles ganz anders: Vielleicht klingelt sie an seiner Haustür, er macht ihr auf und sagt »Amore! Wo warst du nur so lange!«, und Rosa fliegt in seine Arme.

Dann laufen sie Hand in Hand auf die Piazza hinunter, weil er es allen Leuten sagen muss: »Das ist Rosa – die Frau, die ich liebe. Ich bin der glücklichste Mann der Welt.«

Sie werden jeden Abend am Strand spazieren gehen. Und eines Tages, beim schönsten Sonnenuntergang, wird er niederknien und sie fragen: »Rosa, willst du meine Frau werden?« Und Rosa wird sagen: »Ja. Ich will.« Genau das wird sie sagen. »Ja, ich will.«

Rosa wird glücklich werden an einem italienischen Herd.

Da rauscht der Bus einen Hügel hinauf und schlingert in einen Kreisverkehr, in den nur eine Straße hinein führt. Keine mehr heraus. Hinter dem Kreisverkehr ist eine haushohe Mauer mit einem mittelalterlichen Torbogen.

»Signorina!«, brüllt der Busfahrer, schleudert den Bus einmal komplett um den Kreisverkehr herum und bringt ihn zum Stehen.

Rosa dreht sich um. Der mittelalterliche Torbogen liegt jetzt hinter ihr.

»Torre Santa Magdalena, Signorina«, grinst der zahnlose Busfahrer.

Rosa steigt aus dem Bus.

Rund um den Torbogen ist nichts. Nur eine uralte Mauer. Keine grünen Hügel, kein strahlend weißer Strand, keine Orangenbäume. Nur Staub und Steine.

Dafür hat er mich verlassen?, denkt Rosa.

Rosa hat mit dem Paradies auf Erden gerechnet.

Aber Torre Santa Magdalena sieht aus wie das Ende der Welt. Ob hier überhaupt Leben existiert?

Ein unheimliches Gefühl streift Rosas Nacken wie eine kalte Hand. Sie schüttelt es ab.

Wahrscheinlich liegt hinter der Mauer das Dorf. Und dort sind dann die Aprikosen, die Oliven, die Blumen, der Wein …

Rosas hohe Absätze wackeln auf dem staubigen, rissigen Asphalt.

Der Busfahrer lacht sie an mit weit aufgerissenem Mund, winkt mit den vier Fingern seiner rechten Hand und gibt Gas. Staub steigt von den abgefahrenen Reifen. Eine schwarze Dieselwolke qualmt aus dem dicken Auspuff in die trockene Luft. Ruß bläst durch Rosas perlenbestickten Chiffonrock. Schwarzer Staub hüllt Rosa, den Rock und ihre Koffer ein.

Für einen kurzen Moment wünscht sich Rosa, sie könnte die Zeit zurückdrehen, zur Bushaltestelle in Happing, gestern um halb fünf. Sie würde ihre Koffer nehmen, die Geldbombe bei der Sparkasse einwerfen und nach Hause gehen. Dort würde sie bleiben. In aller Ruhe. Kein Mensch würde irgendwas merken.

Aber so wird es nicht mehr werden. Rosa wollte ein neues Leben und hier ist es.

Rosa bückt sich und hebt ihre Koffer vom Boden.

Ein kleiner magerer Hund läuft aus dem Torbogen heraus, auf Rosa zu. In seinem Fell klebt Seegras, und er stinkt nach totem Fisch.

»Hey, wer bist denn du?«, fragt Rosa den Hund. Und der Hund hebt kurz ein Ohr. Schnüffelnd läuft er an Rosa vorbei. Aber er lässt sie nicht aus den Augen.

»Guter Hund!«, sagt Rosa.

Doch als sie den ersten Schritt macht, um den Kreisverkehr zu überqueren, schießt der Hund herum wie ein Pfeil und starrt Rosa aus seinen hellbraunen Augen an.

Rosa macht zögernd den zweiten Schritt in den Kreisverkehr, auf den Torbogen von Torre Santa Magdalena zu.

Der Hund sträubt sein dreckverschmiertes Nackenfell. *»Wäff! Wäff-Wäff-Wäff!!«*, kläfft er und rennt vor Rosa hin und her.

»Guuuter Hund«, sagt Rosa und geht vorsichtig den dritten Schritt.

Der Hund hört auf zu bellen. Jetzt knurrt er nur noch leise. Das klingt gefährlicher als Bellen.

Rosa bleibt stehen. Stellt in Zeitlupe ihre Koffer ab.

»So ist's gut. Braver Hund.«, sagt Rosa. »Feiner Hund, feiner Hund.« »*Rrrr*«, macht der Hund noch einmal und ist still. Rosa greift wieder nach ihren Koffern.

»*GRRRRRRRRR!!!*« Der Hund springt auf sie zu. Er ist eine stinkende, sandgelbe Bestie. Seine Krallen spreizen sich nur einen Meter vor Rosa in den Staub.

»Okay«, flüstert Rosa. Langsam, ganz langsam stellt sie ihre Koffer wieder hin.

»*Grrrr.*«

Da steht sie also. Rosa aus Happing. Rechts ein Koffer, links ein Koffer, vor ihr lehnt steif wie ein Hackstock der gelbe Hund auf seinen Vorderpfoten. Fixiert Rosa mit seinem stechenden Blick. Keiner bewegt sich mehr einen Schritt.

Irgendwann hört Rosa hinter ihr das Dröhnen eines überstrapazierten Zweitaktmotors.

Rosa dreht sich um.

»Rrrrrrrrrrrrrrrrrrrrrrrrrrrr …«, knurrt es leise aus der blutrünstigen Kehle.

»Guter Hund!«, flüstert Rosa. »Ich tu' doch nichts.«

»*Grrrrrrpff.*«

Der Motor scheppert und rattert lauter. Dann brüllt eine tiefe, zornige Stimme »Tonio! Tooooonio!«

Eine Stimme aus der Unterwelt. Der Hund ist still. Aus seinen drohend zurückgezogenen Lefzen hängt plötzlich eine rosarote Hundezunge.

»Tonio!«, brüllt die Stimme erneut.

»Iiiuuuu, wuff, wuff!«, bellt der Hund, und sein schlammverkrusteter Schwanz wedelt wie verrückt.

Eine Hupe bläst Rosa die Ohren weg, und eine neue Staubwolke hüllt sie ein.

Rosa bleibt stehen, wo sie steht. Regungslos wie eine Marmorsäule.

»Tonio! Vieni qui!«, donnert es.

Mit einem Satz springt der Hund in die Staubwolke hinein.

»Va bene, Tonio, eh? Va bene!«, brummt die Stimme jetzt zärtlich.

Langsam rieselt die Staubwolke auf Rosas Rock herunter.

Rosa kann die Umrisse einer Ape erkennen und das vage Abbild des Fahrers, der mit seiner riesigen Pranke einen Hundekopf tätschelt. Der Hund lehnt sich zärtlich an die riesige Gestalt. Gleich fängt er an zu schnurren.

»Eh! Signorina!«, schnarrt die Stimme Rosa an. Es klingt wie eine Motorsäge, nicht wie ein Mensch.

»Ja?«, sagt Rosa vorsichtig.

Rasselnde, italienische Wörter prasseln aus der Ape auf sie ein. Rosa ist sich nicht ganz sicher, ob der Mann ihr eine Frage stellt oder sie zur Hölle wünscht.

»Wie bitte?«

Da röchelt auch der Motor, als täte er den letzten Atemzug, und verstummt.

»Dove vai?!«

Vorsichtig geht Rosa auf das Fahrzeug zu. Rostig grün. Ein fahrendes Wrack. Es hat nicht einmal eine Tür. Das eine Auge des Fahrers scheint zu glühen, das andere schaut stumpf durch Rosa durch. Der Höllenhund auf dem Schoß hechelt glücklich.

»Buon giorno«, sagt Rosa, und es klingt alles andere als italienisch. »Ich suche jemanden.«

»Ah!«, rasselt der Mann. »Tedesca.«

»Ja, ja«, stammelt Rosa. »Aus Deutschland.«

»Conosci Giuseppe!«

Rosa nickt.

»E 'l mio fratello!«

Rosa zeigt auf sich und sagt. »Rosa.«

»Bruno.«

Er lächelt sie an. Auch das Lächeln ist sonderbar. Weil sein linkes Auge sich nicht bewegt. Es ist kein echtes Auge. Es ist aus Glas. Aber das andere Auge blitzt und leuchtet wie schwarze Lavasteine. Irgendwoher kennt Rosa diesen Blick. Und irgendwie hat Rosa das Gefühl, er wüsste alles von ihr.

»Maurizio?«, sagt Rosa vorsichtig.

Der Hund spitzt die Ohren.

Schlagartig verschwindet das Lächeln aus Brunos Gesicht.

»Maurizio ...«, wiederholt Rosa.

Kaum sagt sie den Namen, hört sie ein Geräusch wie ein leises Donnergrollen, das ein verheerendes Unwetter ankündigt.

»*Grrrrrrrrrrrrr*«. Der Hund.

»Maurizio ...«, knurrt auch der Mann, genauso leise. Und dann donnert ein Wolkenbruch aus Wörtern auf Rosa herunter.

Als Bruno fertig ist, tritt er mit dem Fuß gegen das Blech unter dem Lenkrad, und der geschundene kleine Motor jault auf. Die Ape schießt davon, und zum dritten Mal steht Rosa in einer Staubwolke.

Italiener!, denkt Rosa empört und marschiert los. Sie ist gekommen, um Maurizio zu finden. Um die Wahrheit zu finden. Und weder Bruno noch sein Hund werden sie daran hindern.

Tod oder Liebe, denkt sie. Glück oder Verderben. Und zur Beruhigung denkt sie an das Messer in ihrem Koffer.

Rosa geht durch den Torbogen. Sie geht an einer Ruine vorbei, deren Grundmauern anscheinend als Lagerplatz für Gartenabfälle genutzt werden. Dann überquert sie einen Platz voller Mülltonnen und Glascontainer. Dahinter eine Busgarage. Eine schmale Gasse führt von dort zur Piazza.

Eine mollige junge Frau trägt ihre verblühten Lilien in einem Plastiksack an Rosa vorbei. Sie schaut Rosa misstrauisch an.

»Maurizio?«, fragt Rosa trotzdem.

Die Frau zeigt zu einem Haus, gleich links an der Piazza. Es ist blau. Ganz schmal quetscht es sich zwischen die anderen Häuser.

Rosa geht auf das Haus zu. Die Eingangstür ist in einem dunklen Rot gestrichen. Die Farbe blättert an den Ecken schon ab. Darunter ist die Tür braun wie Friedhofserde.

Am Balkon flattert bunte Wäsche an der Leine. Schön sieht das aus, vor der blauen Hauswand.

Ein leichter Wind kühlt Rosas Wangen und lässt die zarte gelbe Bluse am Balkon flattern. Eine Bluse aus hauchdünnem Stoff. Daneben ein Sommerkleid mit Blumendruck. Und ein schmaler Rock in zartem Apricot, im Spiel mit einem hellgrünen Babystrampler.

Zwei strahlend weiße Männerhemden flattern voller Stolz daneben, eines rechts, eines links.

Was für ein schönes Bild, man möchte es fotografieren, denkt Rosa. Bald wird auch ihre Bluse an so einer Wäscheleine trocknen.

Rosa fühlt sich leicht und glücklich. Schwerelos. Ihre Füße sind geschwollen und quellen über den Rand ihrer engen Pumps hinaus. Ihre halterlosen Strümpfe haben ihre Oberschenkel aufgescheuert. Sie wäre um ein Haar von einem Hund zerfleischt worden. Aber das alles zählt jetzt nicht mehr. Denn jetzt ist Rosa da.

Der Klingelknopf ist aus Messing.

Er fühlt sich weich und nachgiebig an unter ihrem Zeigefinger. Rosa schließt die Augen.

Dann drückt sie auf den Knopf.

Ein Hund bellt. Eine Taube flattert auf den Turm des Campanile. Sonst rührt sich nichts.

Vielleicht schläft er?

Die Haustür ist nur angelehnt. Sacht drückt Rosas Hand dagegen, und als die Tür nachgibt, geht Rosa hinein. Sie steht in einem schmalen Treppenhaus. Erstaunlich kalt ist es hier. Ein kühle feuchte Kellerluft haucht aus einer winzigen Tür unter den schmalen Stufen.

»Hallo?«, sagt Rosa.

Nur eine Fliege summt um den gläsernen Lampenschirm an der Decke.

Rosa nimmt ihre Koffer und geht die schmale, ausgetretene Treppe hinauf. Sechzehn Stufen sind es.

Dann steht Rosa vor einer weiß gestrichenen Tür. Leise

stellt sie ihre Koffer ab und hebt die Hand, um an der Tür zu klopfen.

Da hört sie schon schlurfende Schritte von drinnen auf sie zu kommen.

Rosa merkt selbst, wie sich ein dümmliches Grinsen über ihr ganzes Gesicht zieht. Aber sie kann es nicht ändern.

Die Klinke ruckelt, etwas knackst, dann geht die weiße Tür auf.

Amore!, denkt Rosa entzückt.

Zuerst sieht sie die langen, schwarzen Haare. Von einem silbern schimmernden Band zurückgehalten. Lange, aufwärts gebogene Wimpern. Große, schwarze Augen, die müde ins dämmrige Treppenhaus blinzeln. Ein kirschroter Mund.

Sie ist wunderschön. »Si?«, fragt die Frau verschlafen.

»Io sono Rosa«, stammelt Rosa, als ob sie der Frau damit alles erklären könnte.

Die Frau mustert Rosa, mustert die Koffer.

»Maurizio?«, sagt Rosa.

Die Frau nickt, geht zurück in die Wohnung und sagt etwas in ein Zimmer hinein. Maurizios Stimme antwortet. Die Frau kommt zurück, lächelt Rosa entschuldigend an, schließt dann leise die Tür. Drinnen stellt die Frau eine Frage. Maurizio antwortet. Die Frau stellt dieselbe Frage nochmal, ein bisschen lauter. Maurizio antwortet nicht mehr.

Für einen Moment säuselt friedliche Stille durch das Haus. Rosas Gedanken sind langsam und zäh. Plötzlich schreit die Frau etwas. Maurizio schreit zurück.

Sie schreien gleichzeitig. Sie schreien aufeinander ein und übereinander drüber. Porzellan zerspringt an der Wohnungstür.

Rosa geht einen Schritt weg von der Tür. Warum hat sie denn ihr Messer nicht in der Hand gehabt? Und wen hätte sie damit erstechen sollen?

»Ma, noooo! Angelina!!«, kreischt Maurizio, wahrscheinlich im Schlafzimmer.

Rosa wartet, bis es still geworden ist in der Wohnung.

Ich sollte gehen, denkt sie. Aber irgendwie kann sie ihre Füße nicht heben. Sie wüsste gar nicht, wohin. Rosa setzt sich auf ihren Koffer und zählt, nur damit die Zeit vergeht, die Treppenstufen, die sie von hier aus sehen kann. Es sind sieben. Der Rest der Treppe verschwindet hinter einer Biegung. Wie viele Stufen waren es insgesamt? Rosa überlegt, ob sie aufstehen sollte und sie zählen. Aber dann bleibt sie sitzen. Auf ihrem Koffer, vor der verschlossenen Tür, hinter der Maurizio mit seiner Frau streitet, weil seine Geliebte aus Deutschland vor ihrer Wohnungstür sitzt.

Dann, plötzlich, geht die Tür auf. Eine zierliche Hand pfeffert eine gepackte Reisetasche ins Treppenhaus und knallt die Tür wieder zu.

Bumm.

»Angelina … Amore …«, sagt Maurizio.

Doch die Stimme der Frau rollt über ihn hinweg wie das aufgewühlte Meer in einem Sturm. Zwischen den peitschenden Wogen hört Rosa Maurizio. Sie hört ihn sagen, dass er keine Rosa kennt. Dass er diese Frau an der Tür noch nie in seinem Leben gesehen hat. Dass das alles ein

Irrtum ist. Angelina glaubt ihm kein Wort, denn *sie* hat Rosa gesehen.

Die Tür wird erneut aufgerissen. Angelina stürmt an Rosa vorbei, zur Treppe hinunter. Auf der siebten Stufe bleibt sie stehen. »E 'l mio *marito*!«, zischt Angelina, und dann verschwindet sie so schnell und lautlos aus dem Haus, als hätte sie Flügel.

Rosa wartet.

Aber Maurizio kommt nicht aus der Wohnung. Irgendwann geht Rosa die Stufen des schmalen Treppenhauses wieder hinunter. Es sind dieselben Stufen, die sie leicht, mutig und als schöne Frau herauf gelaufen ist. Jetzt trampelt sie hinunter wie eine alte Kuh. Rosa lässt die Haustür hinter sich offen.

Sie geht hinaus. Weg von dieser Tür. Weg aus diesem Dorf. Sie geht den Weg zurück, den sie gekommen ist. Über den Platz mit den Mülltonnen. Vorbei an der Ruine. Alles sieht noch ganz genauso aus wie vorhin. Nur ein kleiner Haufen verblühter Lilien ist dazu gekommen, auf dem dahinmodernden Gartenmüll in der Ruine.

Rosa stakst unter dem alten Torbogen durch, hinaus aus Torre Santa Magdalena, hinaus aus dem Schatten der Häuser und Ruinen, hinein ins gleißende Sonnenlicht.

Es ist schlimm. Es ist so schlimm, dass Rosa überhaupt nicht ermessen kann, wie schlimm es ist.

Rosa ist sitzengelassen worden, in Torre Santa Magdalena, an einem Sonntag im Oktober, bei vierunddreißig Grad im Schatten. Von einem Italiener. Kann das wahr sein? Wo ist die Wirklichkeit?

Rosa bleibt stehen. Rundherum nur Staub und Hitze und Süditalien.

Es ist, als wären alle Lebewesen verschwunden. Kein Auto, keine Musik, keine Kinder, nicht einmal ein Hund. Nur Rosa ist noch da.

Sie ist in einer unendlichen Wüste gelandet, ohne Wasser, hundert Kilometer von der Zivilisation entfernt. Warum fürchten sich die Menschen vor der Wüste? Waren die schon mal in Torre Santa Magdalena?

Rosa schleppt sich weiter. Wie ein Kamel, das unter seiner Last beinahe zusammenbricht. Schritt-Patsch. Schritt-Patsch.

Ihre wunderschönen roten Schuhe, die sie extra beim Umsteigen am Mailänder Bahnhof gekauft hat, spießen sich bei jedem Schritt in den rissigen Asphalt.

Niemand holt einen hier raus. Keine Rettungsmannschaft. Niemand bringt einen heim. Tot müsste man sein. Tot transportieren sie einen ja überall hin. Aber Rosa lebt noch. Also wird sie mit dem Bus fahren. Die Bushaltestelle ist plötzlich unerreichbar weit weg. Entfernt sich immer weiter.

Rosa entfernt sich immer weiter.

Rosa fühlt sich wie ins All geschossen.

Für Maurizio wäre es gut, wenn Rosa weit weg von der Erde durchs All kreisen würde. Wie dieser russische Kosmonaut, den man angeblich fünfzehn Jahre lang in seiner Raumkapsel vergessen hat.

Maurizio würde ab und zu vom Balkon aus hinauf schauen zu ihr, wie zu einer Sternschnuppe. Und nach ein paar Minuten würde er wieder hinein gehen in sein perfektes Leben.

Angelina hätte Spaghetti Vongole für ihn gekocht.

Es gäbe keine Szenen, keine Probleme, keine Veränderungen.

Das Bild bleibt kratzerfrei.

Und dann, mitten auf der geflickten Straße zwischen Torre Santa Magdalena und dem Kreisverkehr, macht Rosas Schuh ein leises *Knick*. Es ist nur ein Stolpern, das man schon beim nächsten Schritt vergessen hat. Ein Geräusch, wie wenn ein Herz bricht.

Jetzt fängt alles von vorne an.

»Warum kommt nicht ein Lastwagen und überfährt mich?«, schreit Rosa.

Nichts. Keine Antwort, kein Lastwagen. Nur Grillenzirpen und Staubflimmern.

»Scheiß Italien! Scheiß Leben! Scheiß Alles!!«

Nach einer Ewigkeit erreicht Rosa die Bushaltestelle. Am Schild baumelt ein Zettel in einer spröden Plastikhülle. Das ist der Busfahrplan von Torre Santa Magdalena. Von *1997*.

Es gibt keinen anderen. Also liest Rosa unter der Spalte *Torre Santa Magdalena – Napoli: Lunedi, 06.15.* Lunedi heißt Montag.

Heute ist aber Sonntag. Achtzehn Uhr. 2009.

Rosa streift ihre Schuhe ab. Prada. Beste Qualität. Der Absatz spitz wie ein Dolch. Und er hat einen Riss. Zwischen Rosas Zehen knirscht der Straßenstaub.

Aha, denkt Rosa. An den Füßen fängt es schon an. Bald wird sie vertrocknet sein und ganz zu Staub zerfallen.

Es ist ihr egal, ob überhaupt jemals wieder ein Bus fährt.

Vorsichtig nimmt sie den Absatz zwischen ihre Finger und wackelt daran. Abgebrochen.

»Eeeeeh! Signorina!!«, schreit die bekannte Donnerstimme.

Ein kaputter Zweitaktmotor knallt, Brunos riesige ölverschmierte Männerpranke klopft durch das scheibenlose Fenster ans Türblech. *Bämm-bämm-bämmm!*

Sein Hund sitzt mit flatternden Ohren neben ihm.

»Non che autobus!« Eine Staubwolke verhüllt Rosa und die Bushaltestelle, als Bruno bremst. Sein rechtes Auge starrt Rosa durch die Staubpartikel an. Das Glasauge schaut knapp an ihr vorbei. »Vieni. Che una camera. Vieni.«

Rosa könnte sich gut vorstellen, dass Bruno das Auge bei einer Messerstecherei verloren hat. Mafia, denkt sie. Und Rosa ist völlig unbewaffnet. Vielleicht könnte sie Bruno ja mit dem verbliebenen Absatz ihrer Stöckelschuhe erdolchen. Wenn sie schon Maurizio verschont hat.

»Vieni, vieni, Signorina. Andiamo!«, Bruno rückt ein Stück zur Seite, damit Rosa einsteigen kann.

Rosa geht einen Schritt auf ihn zu. Ganz langsam.

»*Grrrrrr*«, macht der Hund.

»Ach, halt die Klappe«, sagt Rosa müde.

Und der Hund ist still.

Wenn kein Bus mehr fährt, ist eine Bushaltestelle wirklich der sinnloseste Ort, an dem man sein kann, denkt Rosa. Also dreht sie sich um und geht los. Sie geht nach Süden.

Irgendwo nicht weit von hier wird dieses schreckliche Land aufhören und das Meer anfangen.

Das Meer sollte man wenigstens einmal im Leben gesehen haben. Und wenn es das Letzte ist, was man tut.

Hier endet Rosas Geschichte. Ein Blau liegt über dem Meer. So ein ähnliches Blau, wie's damals im Himmel war. Der Mond schwimmt weiß und lächelnd mitten drin.

»Ich hab' gedacht, Spätestens am Brenner wird er umkehren. Spätestens morgen früh ist er wieder da, hab ich gedacht.«

Serafina malt mit ihrem großen Zeh einen vollendeten Kreis in den Sand. »Das Leben ist nichts für Waschlappen.«

»Da!«, schnieft Rosa und zupft den Träger eines pastellgelben Spitzen-BHs unter ihrer Bluse hervor. Den hat sie erst letzte Woche gekauft, um Maurizio darin zu überraschen.

Sie hat gefastet und ist das letzte von ihren acht überflüssigen Kilos losgeworden. *Und* sie hat sich die Beine enthaaren lassen. Daheim in Rosas Küchenschrank steht auch noch eine Flasche Rotwein. Den er so gerne trinkt.

Der Mond schaukelt ein bisschen auf den Wellen. Er sieht aus, als könnte man draufhüpfen und damit zu einer Insel weit draußen im Meer fahren.

Der Sand lässt sich nicht mehr aus Rosas Schuhen schütteln, weil er schon feucht ist von der Abendluft.

»Komm, wir gehen zu Bruno«, sagt Serafina. »Ich glaube, er hat Spaghetti Vongole gekocht. Ich liebe Spaghetti Vongole. Du nicht?«

»Aber …«, murmelt Rosa.

»Ah, Madonna! Es ist schon acht Uhr … Bruno wird zornig, wenn man sich zum Essen verspätet. Komm!« Serafina watschelt los.

»Ich wollte noch … ich bleibe noch ein bisschen hier«, sagt Rosa.

»Es gibt nicht immer einen guten Grund, am Leben zu bleiben«, sagt Serafina. »Spaghetti Vongole sind ein guter Grund. Jetzt komm!«

Der Lichtfleck auf dem Meer ist größer geworden. Er ist ein weißer Teich, der Mond.

»Mit dem Tod hört es ja nicht auf«, sagt Serafina.

»Nicht?«, fragt Rosa.

»Die Liebe nicht, und die gebrochenen Herzen auch nicht.«

»Aber …«

»Das Leben, Rosa. Das Leben!« Serafina dreht sich mit ausgebreiteten Armen einmal im Kreis.

Das alles ist das Leben.

Serafina spaziert auf das Dorf zu, wie jeden Abend.

Neben ihr geht Rosa, auf einem hohen und einem flachen Schuh.

Der Torbogen von Torre Santa Magdalena ist jetzt nur ein unförmiger Schatten in der Nacht. Aber man kann die welken Blumen riechen. Die Mülltonnen kann man auch riechen. Und einen Zitronenbaum in einem Garten.

»Dort wohne ich«, sagt Serafina und zeigt auf ein kleines Haus, auf einem kleinen Hügel.

»Du musst mich besuchen kommen. Ich koche sehr guten Kaffee.«

»Stark, heiß und tiefschwarz«, murmelt Rosa automatisch.

»Ja, und sehr langsam«, lacht Serafina.

»Es war schön mit Maurizio«, sagt Rosa.

»Du wirst bald einen neuen Liebhaber haben«, sagt Serafina, »du bist eine schöne Frau.« Das ist sie wegen ihm. Die verlorenen acht Kilo, die elegant lackierten Zehennägel, der luftige Rock. Das alles war er.

Die Kirche an der Piazza wird von einem gewaltigen gelben Scheinwerfer angeleuchtet. Ein meterdicker Lichtstrahl fällt durch das kleine Fenster ins Treppenhaus, direkt vor Maurizios Wohnungstür.

Dort stehen noch Rosas Koffer. Alle beide. Rosa überlegt, ob sie klingen sollte … oder warten, im Schatten der alten Treppe? Oder einfach verschwinden?

Doch da geht schon die Tür auf.

»Hallo, Maurizio«, sagt Rosa.

»Rosa.« Er hat auf jemand anderen gehofft. Er reibt seine Stirn, als wären darin bohrende Kopfschmerzen. »Warum bist du hier?«, fragt er.

»Ich wollte zu dir«, sagt Rosa.

Er stützt sich mit einem Arm am Türrahmen ab und lehnt den Kopf an seine Faust. »Du hast-e sie gesehen«, seufzt er.

Rosa nickt.

»Sie ist meine Frau.«

Rosa nickt weiter. »Du liebst sie.«

»Sie is-e eine Vulkan. Wenn ich gehe und fahre aufs Meer, sie denkt, dass ich sie betrüge. Wenn ich fahre mit Bruno zu seine vigneto, sie denkt ich lüge. Sie schreit mich an. Sie sperrt mich aus meine Haus.« Seine Hand wischt wie von selbst eine Träne aus Rosas Wimpern. »Rosa, ich kann sie nicht verlassen«, sagt er. »Ich habe dir die Brief geschrieben. Ich habe doch geschrieben ... Was soll ich dir noch sagen? Es tut mir sehr leid. Ich kann nicht anderes, Rosa, verstehst du ...«

»Maurizio!«

»Was?«

»Es macht nichts«, sagt Rosa, steht auf, gibt ihm einen Kuss auf die Wange, hebt ihre schweren Koffer hoch und geht zum zweiten Mal an diesem Tag die sechzehn Stufen hinunter, hinaus auf die Piazza.

»Rosa!«, hört sie hinter sich in dem engen Treppenhaus.

Aber noch einmal umdrehen ist keine Option mehr für Rosa.

Sie geht langsam auf die Piazza hinaus. Sie fühlt etwas kochen in ihrem Bauch. Sie fühlt, wie es sich ausdehnt und in ihr aufsteigt wie die tiefschwarze, ölige Flüssigkeit in Maurizios Espressokanne. Sie fühlt, wie es aus ihr herausfließen will, und den Boden um sie herum tränken.

Wahrheit.

Gerechtigkeit.

Liebe.

Das Leben fordert sein Recht, beachtet zu werden.

In der Mitte der Piazza bleibt Rosa stehen. Neben ihr die Koffer. Rechts ein Koffer, links ein Koffer. Rosa fühlt sich wie ein ganzes Bataillon von Koffern. Eine Armee.

Langsam macht Rosa die Koffer auf. Klick – Klick.

Sorgfältig stellt sie zuerst die Geldbombe auf das Pflaster. Daneben legt sie das Messer.

Und dann zieht sie den pastellgelben BH heraus und hält ihn über ihren Kopf wie eine Fahne.

Maurizio steht hinter seiner Haustür und schaut ihr zu.

Rosa fühlt, wie der süße Abendwind durch den BH weht. Dann lässt sie den hauchzarten Träger los, und wie ein Blatt von einem Baum schaukelt der BH im Wind davon. Eins nach dem anderen zieht Rosa ihre spitzenbesetzten Wäschestücke heraus und lässt sie auf einen Haufen auf dem Boden flattern. Weiße, schwarze, türkise, auberginefarbene. Mehr als ein Monatsgehalt hat sie für das alles ausgegeben.

Dann packt Rosa die teure Körperlotion und spritzt sie bis zum letzten Tropfen aufs Pflaster. Seidenzarte Haut verspricht diese Lotion. Jetzt ist sie ein Klecks auf einem staubigen Pflasterstein. Er sieht aus wie ein Herz.

Serafina sitzt still auf einem der Plastikstühle vor Brunos Bar. »Bruno«, flüstert sie.

»Si!«, brummt die tiefe Stimme.

»Rosa, la guerrera«, flüstert Serafina und zeigt auf die Piazza hinaus.

Bruno bleibt ehrfurchtsvoll unter den Orangenbäumen stehen und schaut zu, wie Rosa das einzige Foto, das von ihr und Maurizio existiert, neben dem Wäschehaufen zerschmettert.

Das Glas zerspringt in Millionen kleine Scherben.

Rosas wirrer Haarschopf und Maurizios strahlendes Lächeln werden darunter begraben.

Elfie hat dieses Foto vor dem Dolomiti gemacht.

Auch Angelina schaut Rosa zu. Wie sie auf der Piazza steht. Mit zornig erhobenem Blick und straffen Schultern.

Es macht nichts, dass Rosas Haut blass ist im Vergleich zu der einer Italienerin. Es macht auch nichts, dass Rosas Haare keine wirkliche Farbe haben. Angelina sieht, wie stolz und aufrecht Rosa über dem Haufen edler Seide und Spitze steht, der einmal ihr Leben hätte werden sollen.

»*Basta!!*«, schreit Rosa Maurizios Haustür an. Ihre Stimme donnert an die alten Mauern der Häuser rund um die Piazza San Michele. Das Fenster, hinter dem Angelina steht, zittert leise.

»Ecco«, flüstert Angelina. »La amorosa.«

In eine Frau wie Rosa kann man sich wohl verlieben, denkt Angelina und beschließt, Maurizio zu verzeihen. Nicht sofort natürlich. Er wird lernen müssen, wie es ist, wenn man Angst hat, verlassen zu werden.

Aber danach könnten sie nach Sizilien fahren, in ein kleines Hotel in Pizzolato. Sie könnten ein Zimmer mit Blick aufs Meer nehmen. Dann, wenn die Sonne versinkt und alles in das Licht der Liebe taucht, könnten sie vergessen, dass sie jemals gestritten haben …

Das letzte, was Rosa in ihrem Koffer findet, ist ein kleines Parfümfläschchen. Das legt sie vorsichtig auf den Haufen. Irgendwie muss sie an Angelina denken. Was für ein Parfüm würde Angelina tragen?

Die Tauben, die gurrend auf dem Pflaster gesessen sind, flattern hinauf zum Campanile.

Ganz allein, still wie ein Denkmal, steht Rosa jetzt mitten auf dem großen Platz. Es ist still geworden.

Am Rand der Piazza hört Rosa eine leise Stimme: »Bravo.«

Rosa sieht Serafinas Lächeln. Sie sitzt unter einem Orangenbaum. Leise und vornehm, wie es sich für eine Dame gehört, klatscht sie Beifall.

Rosa lächelt. »Danke.«

18

Blaue Blubberblasen

Bruno stellt eine dampfende Espressotasse vor Rosa. Er macht es mit dem gleichen eleganten Schwung wie Maurizio. »Voilà, la bella Signorina«, nuschelt er und sein Glasauge lächelt charmant.

»Grazie«, sagt Rosa.

Die Orangen hängen dick an den Bäumen und ziehen die Zweige fast bis auf den Tisch. Das war ja gar nicht gelogen, denkt Rosa und bemerkt die friedlich schlummernde Hundeschnauze, die aus Brunos Bar herauslugt.

Plötzlich sagt sie: »Ich habe noch nie im Meer gebadet.«

Serafinas Augen blitzen begeistert auf.

»Ma, no! Alle undici!«, rasselt Brunos Kettensägenstimme.

»Si, si, si, si, si!«, ruft Serafina. In Windeseile hat sie ein fliederfarbenes Badetuch aus Brunos Bar geholt. »Andiamo«, sagt sie.

Rosa steht bis zu den Knien im dunkelblauen Wasser. Hinter ihr leuchten die Türme von Torre Santa Magdalena im Scheinwerferlicht. Es riecht nach Jasmin und kühlem Sand. Und nach Meer.

Das Meer ist ein säuselndes, kräuselndes Wesen aus Licht. Es zwinkert Rosa zu. Perlgrün und türkis lockt es sie. Es flüstert, und ein Glitzern tanzt federleicht auf seinen Wellen. Schnurrend schmiegt es sich an Rosas Knöchel.

Rosa geht ein paar Schritte zurück, bis das Meer nur noch ihre Zehenspitzen kitzelt. Dann rennt sie los.

Das Wasser spritzt von ihren Beinen, schlägt funkelnde Saltos vor ihren Augen, sprüht weit über ihren Kopf hinaus.

Sie rennt in einer Wolke aus Gischt, es bitzelt auf ihrer Haut, ihr Atem zittert. »Jippipiie!«, schreit Rosa.

Etwas in ihr und bricht und bröckelt. Eine uralte Mauer. Zuerst löst sich ein Stein. Dann stürzt eine ganze Wand ein.

Rosa reißt die Arme über den Kopf wie ein Turmspringer. Ihre Beine sind gespannt wie Federn. Aus vollem Lauf schnellt sie sich hoch.

Rosa hebt ab. Geschmeidig dreht sich ihr Körper in der Luft.

Ein kleines Stück Mondlicht glänzt in ihren Augen wie ein Diamant.

Und dann taucht sie ein.

Die Mauer hinter Rosas Rippen bricht. Von ihrem Herzen löst sich eine tosende Lawine.

Unter Wasser reißt Rosa den Mund auf und schreit: »Aaaaaaaaaaaaaaahhhhhh!«

Und auf einmal hat sie keine Angst mehr.

Das Wasser ist jetzt grün und blau gleichzeitig. Es ist glatt und kalt, und ganz weich. Rosa schwimmt durch weiße Schaumperlen. Sie sieht die Sterne über sich. Das ganze Weltall sieht sie.

Sie ist ein fliegender Fisch. Unter ihr ist hellgelber Sand. Wie im Flug taucht sie darüber. Dann wird das Wasser tiefer. Blauer. Es ist ganz dunkel jetzt, mit goldenen Fäden aus Sonnenlicht durchzogen. Glitzernde

Fische schwimmen neben Rosa her, hinaus ins offene Meer.

Als Rosa auftaucht, sieht sie, dass sie mitten durch das Glück schwimmt. Es hüpft von einer Welle zur anderen, taucht tief hinunter bis auf den Grund, wirbelt wie Sternwerfer durchs Wasser, sprudelt tiefblau, rot und silbern. Das Glück entsteht in blauen Blubberblasen unter Wasser.

»Schau, wie schön das Leben ist!«, lacht Rosa. »Schau, wie schön!«

Neben ihr taucht Serafina aus dem Wasser, prustend und lachend, und dreht sich auf den Rücken, um auf einem silbernen Streifen aus Mondlicht ins Meer hinaus zu schwimmen.

Zur gleichen Zeit wird mitten auf der Piazza San Michele ein pastellgelber Hauch aus Spitze von einer Windböe erfasst und fliegt hoch hinauf in den nächtlichen Himmel von Torre Santa Magdalena. Scheinwerfer leuchten ihm auf seinem letzten Flug.

Jetzt ist nichts mehr da von Rosas Vergangenheit als zwei leere Koffer.

Spät in der Nacht steht Rosa in Serafinas Gästezimmer am Fenster und hält ihr Gesicht in die kühle Luft. Zwischen den Dächern der schiefen alten Häuser und dem Aluminiumkamin einer Fabrik kann sie ein kleines Stück Meer sehen. Hören kann sie es auch.

Irgendwo singt jemand ein Liebeslied.

Unter Rosas Fenster sitzt der gelbe Hund und heult gefühlvoll den Mond an.

Dank

Ulrike Molsen, Sebastian Glubrecht, Elke Christina Schulz, Kristina Kühnl, Caro Kipka, Meike Waldmann, Ulli Hofbauer, Max Holzner, Gerda Deubzer, Holger Günzler, Ingrid Reichenberger, Monika Kudraß-Steininger, Karin Schwarzer, Richie Ohlmüller, Carlo Günther, Achim Berheide.
Tanja Frei, Karo Gallasz.
Besonderer Dank an Familie Kornprobst von der Bäckerei Kornprobst in Hilgertshausen und an meine Familie.

Im 1. Kapitel

endet bereits alles an einer Badewanne –
saugen zwei Rüssel einem Zimmer die Luft ab –
nimmt ein Krokodil eine Schlüsselstellung ein –
und sind nach einigen Jahrtausenden völlig
neue Perspektiven zu erkennen

Der Tag, an dem ich ermordet wurde, sah bezaubernd aus: Frühling, Sonne und pastellblauer Himmel. Ich fuhr über eine großzügig gebogene Landstraße, nicht schneller als die erlaubten 80 km/h. Auf der Weide am Straßenrand rupften Kühe das frische neue Gras.

Gut, ich hätte nüchterner sein können. Drei große Glas Kirschwasser auf fast leeren Magen machten selbst meiner trinkfesten Natur ein wenig zu schaffen. Außerdem war ich wütend über eine Szene, die ich gerade erlebt hatte, mir zitterten noch die Hände. Meine Vergangenheit, meine Zukunft, meine gesamte Existenz kamen mir ziemlich widerwärtig vor.

Vor mir zuckelte ein Traktor und weil ich es aus Prinzip und Gewohnheit eilig hatte, überholte ich ihn flott. Als ich gleich danach auf meine Spur zurückwollte, ließ sich das Steuer nicht mehr drehen, als sei es plötzlich eingerastet. Ich sauste weiter auf der linken Spur dahin, auf einen entgegenkommenden Kleinwagen zu. An dieser Stelle bemerkte ich auch das Versagen der Bremsen und mir ging durch den Kopf, dass Udo, der Autoschrauber, dem ich gerade entkommen konnte, viel gefährlicher war, als ich dachte.

Ich bemühte mich verzweifelt, das Steuer zu bewegen, den Fuß auf die tote Bremse gepresst. Ganz kurz erkannte ich das Gesicht einer Frau mit weit aufgerissenen Augen in dem Auto mir gegenüber. Sie wich natürlich nach links aus – leider kam ihr da der Traktor entgegen.

Weil die Straße, wie gesagt, gebogen war, ich jedoch nur noch geradeaus fahren konnte, verließ ich sie ganz kurz vor dem Zusammenstoß. Mein Wagen sauste dicht an einer hohen alten Birke vorbei, mangelte durch ein Gatter, verfehlte knapp eine Kuh, die sich mit einigen entsetzten Hüpfern in Sicherheit brachte, und knallte an eine Badewanne, die dort wohl als Tränke stand. Der Airbag öffnete sich, während mein Schädel gegen die Kopfstütze krachte und ich hörte, wie mir der Hals brach.

Ich glaube, das Letzte, was ich dachte, waren eine Handvoll Flüche. Und Erleichterung, dass es vorbei war. Jetzt gab es keine Zukunft mehr.

Ich kam sehr langsam zu mir und sofort spürte ich tatsächlich Schmerzen. Ich brauchte lange, bis ich sie einigermaßen definieren und auseinanderhalten konnte. Mein Kopf tat weh, mein Magen, mein Hals. Im Hals steckte ein Schlauch, der offenbar bis in den Magen führte. Aus der Nase ragten Schläuche. Mein rechter Arm schmerzte und, etwas weniger, auch der linke.

Nach einigen Minuten begriff ich und es überschwappte mich wie eine mächtige heiße Welle: Ich lebte wieder! Ich lebte wirklich und wahrhaftig wieder, die Schmerzen, die ich mir auf der anderen Seite gewünscht hatte, durfte ich jetzt genießen. Darüber musste ich lachen und daran erstickte ich beinah. Ich gab Geräusche von mir und versuchte, die Augen zu öffnen, was nur sehr unzureichend gelang.

Eine Stimme sagte: »Moment mal, ich glaube, sie kommt zu sich.«

Irgendwer lief über den Boden und beugte sich über mich, atmete in mein Gesicht.

Früher hätte ich das lästig gefunden, jetzt konnte ich es zutiefst genießen. Ich merkte, dass ich angeatmet wurde. Das bedeutete, die Nerven in meiner Haut funktionierten! Das bedeutete, ich war lebendig! Wie überwältigend köstlich!

Ich blinzelte mühsam durch die geschwollenen Augenschlitze, die mir nur zur Verfügung standen. Das hier mochte vielleicht eine Schwester sein oder eine Ärztin im offenen grünen Kittel. Sofort empfand ich große Liebe für sie. Ich versuchte, um den Schlauch in meinem Mund herum dankbar zu lächeln.

Eine zweite Figur in Grün trat an mein Bett und bestätigte: »Die Kleine weilt wieder unter den Lebenden, hurra!«

Treffender hätte ich es auch nicht ausdrücken können. Ich war vor Glück so überwältigt, dass ich zu weinen begann. Das tat in meinem Hals noch viel mehr weh als das Lachen. Aus meinen geschwollenen Augen sickerten Tränen und liefen mir über die Schläfen. Ich lebte. Ich konnte sogar weinen!

Meinen eigenen Körper betrachtete ich auch, so weit ich ihn sehen konnte, zum Beispiel meinen völlig eingegipsten rechten Arm. Der linke war nur im unteren Teil weiß umwickelt, die Fingerspitzen guckten vorn aus dem Verband. Ich hob diesen beweglicheren Arm mühsam ein Stück hoch. Da bemerkte ich etwas so Seltsames, dass ich eine Weile die Augen schloss, um mich von dem Schreck zu erholen.

Nach einer Minute ungefähr traute ich mich, noch einmal hinzuschauen. Ich sah wieder dasselbe.

Meine Fingerspitzen und meine Nägel sahen fremd aus.

Ich hatte, sehr zu meinem Missvergnügen, mein Leben lang breite, flache Nägel besessen, nicht sehr weiblich, wenig attraktiv. Dagegen ließ sich natürlich etwas unternehmen, ich besuchte alle drei Wochen ein Nagelstudio, in dem man mir künstliche Nägel aus Plastik formte und lackierte.

Jetzt plötzlich glaubte ich längliche, schmale, leicht gewölbte Nägel zu erkennen, die nicht lackiert waren, nicht verlängert, nicht verdickt, die vielmehr zartrosa und völlig echt wirkten, etwas geriffelt.

Wie war das möglich?

Ich überfiel die Schwester, sobald sie durch die Tür kam: »Meine Nägel sehen ganz anders aus!«, brachte ich mühsam hervor.

Sie lächelte so nett wie immer und tätschelte meine Fingerspitzen. »Wir haben den Lack entfernt«, sagte sie, als ob das alles erklärte.

Ich sagte nichts mehr, wackelte mit den Fingern und staunte sie an. Es waren meine und doch nicht meine.

Wenige Tage später wurde mir der Katheter entfernt sowie der Verband um den linken Arm abgenommen und durch einen viel kleineren ersetzt, der nur noch das Handgelenk schützte. Ich schaute misstrauisch und verständnislos auf die ausgewickelte Hand. Schlank, mit langen, schmalen Fingern, hübsch zweifellos. Ich hätte schwören können, dass meine Hände früher ganz anders aussahen.

»Jetzt können Sie wieder selbst zur Toilette gehen, Frau Sievert!«, sagte eine Schwester, die ich noch nicht kannte.

»Ich bin nicht Frau Sievert«, nuschelte ich.

Die Frau im anderen Bett hob den Kopf und sah mich an. »Ich bin die Janne!«, meinte sie. »Ich finde, wir sollten du sagen, wenn wir hier so nahe beieinanderliegen. Wie heißt du?«

»Ilka.«

Die Schwester runzelte die Stirn. »Echt?«, sagte sie. »Putzig. Weil Ihre Unfallgegnerin heißt genauso. Glaube ich. Ist ja nicht so 'n häufiger Name.«

Meine Unfallgegnerin? Richtig, die Frau, die mir in dem Kleinwagen entgegenkam.

»Liegt die auch hier? Wie geht es ihr denn?«

Die Schwester senkte die Augen und die Stimme: »Ganz schlecht. Ganz schlecht. Also, offen gestanden, die stirbt, glaube ich. Die ganze Zeit im Koma, überhaupt nicht wieder zu sich gekommen und jetzt ist es wohl bald vorbei. Aber sie war ja auch stark angetrunken, nicht.«

Ach – die auch?

Später stand ich wirklich zum ersten Mal auf, mithilfe zweier Schwestern. Ich torkelte und taumelte und musste lachen, weil ich mir vorkam wie auf Stelzen. Irgendwie hatte alles eine andere Perspektive, mein Kopf schien höher zu sitzen als früher, dadurch wurde mir schwindelig. Ich ging auf weichen, unsicheren Beinen, mit meinem linken Arm an eine Schwester geklammert, rechts von der anderen gestützt.

»Das liegt daran, dass Ihr Kopf verletzt ist, das sind neurologische Störungen«, erklärte Schwester Moni. »Spätestens in einem Monat hat sich das zurückgebildet.«

Ich konnte wirklich allein auf die Toilette gehen, nach drei Tagen sogar ohne die Hilfe der Schwestern, langsam zwar, aber immerhin.

Am dritten Tag betrachtete ich mein Gesicht im Spiegel über dem Waschbecken. Es war ein wenig abgeschwollen, immer noch saßen Verbände rundherum. Ich beugte mich weiter vor und starrte mich an, ganz fassungslos.

Denn meine Augen, bekanntlich von auffallend hellem Blaugrün wie die meines Vaters – meine Augen waren auf einmal tiefbraun …